Fake News 1

Fake News 2

Fake News 3

Impressum:

Design & Layout: Pit Vogt
Für den Inhalt zeichnet der Autor verantwortlich

Herstellung und Verlag:
BoD - Books on Demand, Norderstedt
ISBN: 978-3-7431-4943-4

© 2017

Fake News 4

Inhalt

7	Der Lügner
14	Ende und aus!
17	Irgendwo
19	Du
20	Die Angestellte
22	Der Schauspieler
24	Jammern
26	Weihnachtsgeschichte
30	Träne
31	Heimgang
32	Kalter Winter
35	Abseits
38	Die Entscheidung
46	Tod
48	Am Grab
49	Alter Baum
51	Träume der Erinnerung
54	Verloren
55	Zwiegespräch
57	Letzter Blick
59	Für meine Mama
61	Phoenix
65	Stich
68	Ein Toter
69	Nebel
70	Flammen
71	Vogel
72	Menschenleeres Haus
73	Kabinett der Puppen
74	Wolken
75	Glauben
77	Das Wunder
79	Gedanken
83	Gotteskind
85	Hofgang

87	Ender der Welt
88	Heimat
90	Angst
93	Kleiner Junge
94	Begegnung
96	Der letzte Sommer
97	Der beste Sommer
98	Fake News
100	Die Herde
102	Der Taxifahrer
106	Engel
108	An Gott
110	Unklarheiten
112	Fake News!
119	Irgendwann

Der Lügner

Es war in einer Zeit, in welcher die Menschen nicht mehr glücklich und schon gar nicht zufrieden waren mit ihrem Leben. Die einen mussten schuften, um ihre Familien irgendwie durchzubringen, brauchten sogar eine staatliche Hilfe, damit es am Monatsende überhaupt noch reichte. Die Anderen machten nichts, bekamen aber dennoch Geld, um leben zu können. Und wieder andere – ja, die anderen – ja, was war eigentlich mit denen? Um die rankten sich die verrücktesten Geschichten.

Man sagte, dass sie sich alles bezahlen ließen, was nur irgendwie Geld bringen konnte, nahmen Geld für Gefälligkeiten und schmierten sich gegenseitig, wo es nur ging. Doch sie taten das heimlich und wollten nicht, dass das arme Volk davon erfuhr. Sie gehörten allesamt einer einzigen mächtigen Partei an. Es war die Partei der Reichen, die Partei der Dummschwätzer, die Partei derjenigen, die dem Volk das erzählte, was es hören wollte. Es waren Parolen, wie: *Wenn ihr uns wählt, dann werdet ihr wieder Arbeit haben, dann werdet ihr glücklich und wohlhabend sein!* Leider war das alles nur Gerede und dummes Zeug – in Wahrheit protzten sie mit ihren teuren Luxuswagen und prassten in ihren eigentlich unbezahlbaren Luxusvillen, feierten allabendlich mit Schampus, Kaviar und zweifelhaften Frauen. Und sie pressten das Volk aus wo- und wie es nur ging.

Hilmar, ein *50-jähriger Arbeitsloser*, der als einzigen *Reichtum* einen uralten Fernseher besaß, lebte seit vielen Jahren in seiner winzigen Wohnung am Rande der großen Stadt. Sein Fernseher schien das einzige Fenster vor dem er jeden lieben langen Tag saß. Und er war kein Dummkopf, denn er wusste, dass er in seinem Alter trotz seiner einstigen Berufsausbildung zum Monteur kaum noch eine reale Chance besaß, einen Job zu finden. Und als Hilfsarbeiter wollte er sich nicht verdingen, dazu hatte er früher einfach zu viel gearbeitet.

Als er eines Tages seinen Rentenbescheid erhielt, mit Schaudern erkennen musste, wie wenig ihm noch für sein Alter blieb, dachte er schon ans Sterben, denn das schien ihm erheblich billiger. Doch irgendetwas in seinem Inneren, irgendwas in seinem Kopf und in seinem Herzen ließ ihn plötzlich erstarren. Denn schlagartig wurde ihm klar, dass er ja nur dieses eine Leben besaß. Er erkannte, dass er, wenn er jetzt nichts drastisch änderte, vergehen würde wie eine Pusteblume im Wind.

Nein, dafür hatte ihn seine Mutter einst nicht unter Schmerzen geboren. Dafür hatte er auch nicht ein halbes Jahrhundert hart in der Firma gearbeitet, für den Konzern seine Kraft und seine Energie gegeben. Und das durfte es auch nicht schon gewesen sein! Da musste einfach noch etwas mehr sein. Gab es da noch wirklich noch ein Stück Leben, ein Stück vom Kuchen dieser Welt?

Als er seinen Blick durch seine spärlich eingerichtete Wohnung vom alten Fernseher bis zu seinem wurmstichigen Kühlschrank schweifen ließ, wurde er ziemlich traurig. Denn wie sollte er ohne Geld, nur mit der Stütze allein, etwas Neues aufbauen?

Entnervt ließ er sich in seinen alten Stoffsessel sinken und starrte lange die fast leere Flasche Bier auf dem wackeligen Eichenholztisch an. Immer wieder schaute er zum Fernseher, beobachtete eine Debatte jener starken Partei, wo sich die dicken, vollkommen überbezahlten Politiker gegenseitig beleidigten, weil einer dem anderen nichts gönnte.

Stöhnend und kopfschüttelnd sah er dem irren Treiben zu und flüsterte leise vor sich hin: *„Diese Idioten, die wissen doch gar nicht, wie das ist, wenn einen keiner mehr braucht und man nicht mal das Geld hat, um richtig leben zu können..."*

Und als er so sinnierte, erkannte er plötzlich, dass er selbst etwas tun musste, irgendetwas, bei dem man auf ihn aufmerksam werden würde.

Plötzlich sah er sich, wie er in dem riesigen Parteien-Plenarsaal am funkelnden Rednerpult stand und lautstark und recht heftig gestikulierend irgendetwas von sich gab. Da wurde ihm klar, dass es wohl gar nicht so wichtig war, *was* er da so rief – viel wichtiger war es vermutlich, einfach nur herumzuschreien, wichtig zu tun und zu zeigen, dass man da ist. Und weil ihm gleichzeitig einfiel, dass er früher mal Sprecher bei der Gewerkschaft war, griff er zielsicher zum

Telefonbuch. Flink suchte er sich die Nummer der Partei heraus, sprach mit einem Verantwortlichen und hatte auf einmal den festen Willen, dieser mächtigen Partei beizutreten. Mehr noch, er wollte sogar einen Posten und redete und redete und redete. Immer sah er sich, wie er in der Armut verging, in einem Leben, in welchem ihn keiner mehr bemerkte. Das spornte ihn unheimlich an und schon nach kurzer Zeit wurde er in die regionale Führungs-Elite der Partei berufen. Was er sagte, war nicht sehr gehaltvoll und auch nicht sonderlich intelligent, aber es war laut und voller Kraft und Energie.

Schon bald war er zu einer Person geworden, zu der man aufschaute, der man zuhörte, und der man letztendlich sogar gehorchte.

Irgendwann war das alte armselige Leben vergessen und das mehr als üppige Honorar, welches er auf seinem Konto erblickte, ließ ihn noch euphorischer werden. Schließlich wollte man ihn als Redner an Hochschulen und Universitäten, in Führungsetagen großer Firmen und Konsortien – und der sprichwörtliche Rubel rollte und rollte und rollte.

Nach drei Jahren war er so einflussreich und reich geworden, dass er eigentlich gar nichts mehr tun musste. Das Geld arbeitete von ganz allein und er war so beliebt, wie sonst niemand im Lande.

Und es kam so, wie es immer kam, er bekam einfach nicht genug und wollte die gesamte Macht.

Er wollte *Staats-General* werden, welches das allerhöchste Amt des Landes war. Überall hingen seine Wahlplakate und es kam genauso, wie er es wollte: Er wurde einstimmig gewählt.

Vorher hatte er den Menschen das Blaue vom Himmel heruntergeschwindelt. Er wollte allen Arbeit geben, wollte die Menschen reich und glücklich werden lassen, wollte ihnen Verantwortung und großartige Chancen geben, sodass sie ihr Leben in Wohlstand und Glück verbringen zu könnten.

In Wirklichkeit sah er sich aber schon als Kaiser, der sich krönen ließ und der sich als Gott in den Himmel erhob.

Einige Zeit ging das tatsächlich gut, denn die Menschen ließen sich all den Unsinn, den er jahrein und jahraus verkündete, dankbar einreden.

Doch als sie merkten, dass nichts von dem, was er predigte, eintraf, sie hingegen immer ärmer und kränker wurden, wollten sie ihn nicht mehr.

Allerdings gab er auch nicht mehr so leicht auf, denn er war nun so unermesslich reich und mächtig, dass er seine Leib-Armee damit beauftragte, die Aufwiegler, die Stimmung gegen ihn machten, zu beseitigen. Er hatte nämlich vor, der unangefochtene Herrscher der Welt zu werden, sich nur noch mit Gehorchenden und Dienern zu umgeben und dann das Universum zu erobern.

Um all das jedoch auch noch zu erreichen, musste er Krieg führen. Denn die Leute ließen sich nur mit Gewalt zu seinen verrückten Vorhaben zwingen.

So machte er den Leuten den Krieg schmackhaft, meinte, dass es ihn wesentlich bessergehen würde, wenn sie für ihn in den Krieg zögen. Er versprach ihnen Schösser aus purem Gold und das fürstlichste Leben, welches sie sich nicht einmal zu erträumen vermochten. Die Leute aber winkten schon ab, wenn sie ihn nur sahen und irgendwann verlor er sogar den Rückenhalt seiner Partei.

Als er eines Tages nachdenklich in seinem riesigen Anwesen saß und Fernsehen schaute, musste er hören, wie ein anderer Lügner, der den Leuten noch viel mehr Glück und Wohlstand vorgaukelte, als er es je getan hatte, davon sprach, ihn einzukerkern, weil er ein Lügner sei.

Da erkannte er den ganzen Wahnsinn, sprang aus seinem Sessel und verließ das Haus, welches wohl in Kürze zur Todesfalle für ihn werden würde.

Tief im Wald hatte er ein geheimes Domizil als besseren Tagen herübergerettet. Nein, es war kein Bunker und auch keine Felsenhöhle, in welche er fliehen konnte. Es war eine Rakete, die er sich bauen ließ, weil er ja zu den Sternen fliegen wollte, um das Universum zu erobern. Traurig kletterte er hinein und startete. Hinter ihm schrie schon der aufgebrachte Mob, der sein Versteck im Wald herausgefunden hatte. Sie wollten sich an ihm rächen. In allerletzter Sekunde schaffte er es, die Erde zu verlassen. Immer kleiner wurde der eigentlich riesige Erdball unter ihm und schnell näherte er sich dem Mond. Dort landete

er das kleine Raumschiff und wartete. Die Stille und die Dunkelheit ließen ihn noch trauriger werden, als er schon war.
Und wie er so dasaß und weinte, vernahm er eine Stimme hinter sich. Zu Tode erschrocken fuhr er herum und blickte entgeistert in das runzelige Gesicht eines alten Mannes, der hinter ihm stand.
„Ich sehe, du bist traurig", sprach der Alte und wiegte dabei seinen Kopf hin und her.
Hilmar wusste nicht, was er sagen sollte. Natürlich war er traurig, natürlich wusste er auch nicht, wie all das geschehen konnte und natürlich wollte er so nicht mehr weiterleben.
Der Alte schien das zu verstehen, obwohl Hilmar gar nichts sagte.
„Dann komm mit mir", sagte er schließlich leise und streckte seine Hand nach ihm aus.
Hilmar wischte sich die Tränen aus dem Gesicht, er wusste, dass er alles falsch gemacht hatte und er ergriff die Hand des alten Mannes. Augenblicklich verschwanden die beiden und nur die kleine Rakete, sozusagen ein Relikt eines Menschen, der auf einem falschen Wege war, blieb schweigend zurück.
Auf der Erde aber wurde es nicht besser. Denn der andere, der neue geld- und machtgierige Schwindler, dem die Leute diesmal hinterherrannten, führte die Menschen in einen Krieg, aus dem sie nie wieder herauskommen sollten …

Ende und aus!

Er ging den weiten Weg hinaus
Es war ein neblig, trüber Tag
Der Morgen sah wie jeder aus
Da ging er fort von seinem Haus
Sein Blick, so starr und ohne Frag

Ein Regenschauer zog ins Land
Hier draußen, wo sonst keiner lebt
Er hat die Fotos längst verbrannt
Nur Einsamkeit lag überm Land
Für seinen Traum war's längst zu spät

Sein Leben ließ er weit zurück,
in diesem Haus, am stillen Wald
Er suchte nicht mehr nach dem Glück
Und ließ die Hoffnung weit zurück
Und war erst fünfzig Jahre alt

Vor vierzehn Tagen war's genau,
als er hier seinen Sohn verlor
Und wenig später starb die Frau
Es war wohl hier – ach ja, genau
Als seine Seele starb, erfror

Bis dahin schien das Leben gut
Karriere, Geld, ein Haus, ein Boot
Doch irgendwann verlosch die Glut
Mit der Familie liefs nicht gut
Und plötzlich waren alle tot

Er setzte sich auf einen Stein,
hier draußen, auf dem weiten Feld
Warum nur musste das so sein?
Am Schluss ein Kilometerstein!
Am Ende hilft nicht Gut, nicht Geld!

Noch einmal raffte er sich auf
Noch zwei, drei Schritt – irgendwohin
Was für ein allerletzter Lauf!
Warum rafft man sich immer auf?
Und wo liegt aller Lebenssinn?

Es wurde Nacht und er blieb stehn
Ein Blitzschlag nahm ihn mit sich fort
Er konnte nicht mehr weiter gehn
Er blieb nur einfach wortlos stehn
An diesem trüben schlimmen Ort

Geblieben ist ein Häuflein Staub,
das trieb in die Unendlichkeit
Ein Blitzschlag traf – es war nicht laut
Von manchem Leben bleibt nur Staub
in einer schwarzen Dunkelheit

Sein Haus ist fort
Es steht nicht mehr
Man riss es ab vor kurzer Zeit
Und nur die Steine wiegen schwer
Sein Haus, sein Leben gibt's nicht mehr
Was ist´s, dass nach uns übrigbleibt?

Irgendwo

Irgendwo in dieser Stadt
Dort, wo keiner Namen hat
Fand ich dich am Rand der Zeit
Warst zu schnellem Sex bereit
Dort, am Ende aller Zeit
Irgendwo in dieser Stadt

Warfst dir harte Drogen ein
Bloß nichts fühln!
Das muss so sein!
Träume, Liebe gibt's hier nicht
Niemand schaut dir ins Gesicht
Traum und Hoffnung gibt's hier nicht
Selbst das Bier ist selten rein

Tränen netzten deinen Blick
Wolltest Freiheit, nur ein Stück
Irgendwo in dieser Stadt
Wo kein Mensch mehr Namen hat,
bliebst du hungrig, warst nicht satt
Sehnsucht netzte deinen Blick

Als ich ging, bliebst du zurück
Bliebst im Schatten, ohne Glück
Irgendwo im Hinterhaus
stirbt so manche graue Maus
Dort hälts keiner lange aus!
Kann man leben ohne Glück?

Und schon bald fuhr ich nach Haus
Hier sieht alles anders aus
Trank den Sekt, so gegen 4
War doch noch so nah bei dir
Schloss die dicke Eingangstür
Weit entfernt vom Hinterhaus

Du

Warum tut man sich das an?
Immer der verrückte Mann!
Warum stets der blöde Mist?
Dort, wo man der Letzte ist!

Immer nur die gleiche Tour
Immer nur derselbe Schwur
Ewig das, was man nicht will
Nichts zu sagen
Still, nur still

Warum dieser Lebenstod?
Jenseitig vom Morgenrot!
Immer das: *Du schaffst das schon!*
Immer dies: *Einst kommt dein Lohn!*

Willst du nicht schon lange weg?
Einfach fort von diesem Dreck?
Endlich frei sein wie der Wind?
Wieder toben wie ein Kind?

Wer hält dich davon nur ab?
Wer macht dir dein Leben glatt?
Du allein kannst das nur tun!
Ändern
Ohne auszuruhn!

Die Angestellte

Es war ein Morgen, irgendwann
Der Kaffee schmeckte schlecht, so schlecht
Noch schnell ein Küsschen für den Mann
An diesem Morgen, irgendwann
Sie macht' es allen immer recht

An jenem Tag, als Regen fiel,
war's trübe noch und seltsam lau
Ihr Job war hart, kein leichtes Spiel
Der Tag war grau und Regen fiel
Sie war 'ne starke schwache Frau

Sie sah das Elend *vis-à-vis*
Und mancher Fall wog tonnenschwer
Sie hielt es durch, wohl irgendwie
Sie sah manch Trauer *vis-à-vis*
Doch auch sie selbst schien müd und leer

Vorm Spiegel in der Pause dann,
da sah sie sich und weinte leis
Ein Handyklingeln
Wohl der Mann
Vorm Spiegel jetzt
Minutenlang
Und irgendwo zerschmolz das Eis

Was, wenn sie einfach wortlos ging?
Dorthin, wo alles Glück vielleicht?
Dorthin, wo aller Segen hing?
Wer fragt, wenn sie jetzt einfach ging?
Ob´s für das Leben dann noch reicht?

Sie schloss die Augen, hielt sich fest
Und wankte hin und wieder her
Was, wenn man sich mal treiben lässt?
Sie hielt am Waschbecken sich fest
Im Leben geht so manches quer

Was für ein schöner ferner Traum
Sie wischte sich die Tränen fort
Mit Seife und mit reichlich Schaum
wusch sie sich ab, *den großen Traum*
Man rief nach ihr, mit lautem Wort

Und lächelnd lief sie schnell zurück
Ein neuer Kunde wollte Rat!
Wo liegt des Lebens größtes Glück?
Sie lief nur ins Büro zurück
Und tat, was sie sonst immer tat

Sie sagte „*Ja*", sie sagte „*Nein*"
Der Arbeitstag ging schnell vorbei
So musste es wohl immer sein
Ein Leben zwischen *Ja* und *Nein*
Ihr Mann kam heim, so gegen 3

Der Schauspieler

Er hatte einfach nur gelacht
Der Schauspieler im letzten Akt
Er sah uns an und hat gelacht
Woran nur hatte er gedacht?
Der Schauspieler im letzten Akt

Er spielte so unsagbar gut
Der Schauspieler gab alles hin
Er weinte auch und zeigte Wut
Ging es ihm wirklich immer gut?
Der Schauspieler gab sich nur hin

Am Ende ging der Vorhang zu
Der Schauspieler schminkte sich ab
Er wollte jetzt nur seine Ruh
Der Vorhang ging für heute zu
Es war ein wirklich guter Tag

Dann ging er heim, tief in der Nacht
Die Frau, die Kinder schliefen schon
Ein Kuss für alle, nur ganz sacht
Denn es war still und es war Nacht,
fernab vom Bühnenmikrofon

Und als er träumte, selbst sich sah,
da spürte er auch Einsamkeit
Wer er im Spiel auch immer war,
er blieb allein dort, unnahbar
Und Frau und Leben schienen weit

Er brauchte den Theaterschein
Die Kinder hatten ihn vermisst
Er wollte jemand anders sein
Ein Leben zwischen Schein und Sein
Er hat die Frau nur sacht' geküsst

Am nächsten Morgen gegen Acht
ging er zur Probe für sein Stück
Er hat „*Adieu*" nur leis gesagt
Ging ins Theater gegen Acht
Denn dort, nur dort fand er sein Glück

Er hatte wieder gut gespielt
Der Schauspieler im letzten Akt
Ob er sich wirklich wohl gefühlt?
Wer weiß das schon
Er hat gespielt
Ein Schauspieler im *letzten* Akt

Jammern

Mein Leben brachte mir kein Glück
S´ ging abwärts nur, so Stück um Stück
Und Asche rinnt mir durch die Hand
Mein Leben scheint längst abgebrannt

Die Träume waren groß, so groß
Einst fruchtete ein kleiner Spross
Da träumte ich vom klugen Weg
Dass es vielleicht mal aufwärtsgeht

Ich kam sogar schon ziemlich weit
Ganz kurz sah ich ´ne bessre Zeit
Doch fiel mein Schicksal tief ins Loch
Und kroch auch niemals wieder hoch

Was ich vor Jahren aufgebaut
hat mir der Teufel längst versaut
Der liebe Gott ließ mich im Stich
Nie sah ich ihn, und sein Gesicht

Allein und einsam sitz ich nun
auf meinem Sofa blöd herum
Ganz ohne Kraft und ohne Geld
bleibt draußen alle schöne Welt

Was nutzte mir mein wacher Sinn?
Er brachte keinen Reingewinn!
Was nutzte alles schlaue Wort?
Das trug schon lang das Böse fort!

Ich wollte mal ganz hoch hinaus
Und blieb doch nur ′ne graue Maus
Ein Niemand ohne Glanz und Mut,
der längst ertrank im Selbstbetrug

Der dümmste primitivste Mob
fuhr mit den tollsten Autos fort
Und dümmlich machten die mir klar,
ich wär nur Abfall, und kein Star

Verbannt bin ich im Höllenschlund
Mich pinkelt nicht mal an ein Hund
Nach all den Niederlagen jetzt
zieh ich zurück mich, arg verletzt

Und warte auf den letzten Tag,
wenn mich der Teufel holen mag
Mein Leben blieb ein Augenschlag,
der angefüllt mit Frust und Klag

So bleibt am End ein Trauersang
Mein Spiegel schwieg ein Leben lang
Einst träumte mir vom guten Weg
Doch alles ward vom Wind verweht

Weihnachtsgeschichte

Ein Weihnachtsabend gegen 3
Das junge Paar sitzt unterm Baum
Ein kleines Kind ist auch dabei
Es ist an Weihnacht gegen 3
Was für ein schöner Weihnachtstraum

Gleich gibt's Geschenke reichlich, satt
Das Kind, gespannt, ist voll von Glück
Der Weihnachtsmann kommt in die Stadt
Und bringt Geschenke, reichlich, satt
Und Papa kennt den Weihnachtstrick

Er geht hinaus und lächelt leis
Und sagt noch schnell:
„Gleich ist's soweit"
Die Spannung steigt
Dem Kind wird's heiß
Der Papa lächelt nur ganz leis
Und so vergeht die Stund, die Zeit

Die Mutter nimmt das Kind zu sich
Und streichelt sacht ihm übers Haar
„Wo bleibt der Papa?", fragt sie sich
Und nimmt das Kind ganz sacht zu sich
Der Weihnachtsmann ist noch nicht da

Der Abend geht, längst schläft das Kind
Es hat nach Papa kurz gefragt
Vorm Hause streicht ein eisig´ Wind
Die Mutter bracht ins Bett das Kind
Und hofft am Fenster voller Klag

Wo bleibt der Papa, wo der Mann?
Warum in dieser Weihnachtsnacht?
Lang schaut im Spiegel sie sich an
Wo bleibt nur unser Weihnachtsmann?
Hat der sich aus dem Staub gemacht?

Am nächsten Morgen klingelts früh
Zwei Polizisten stehn vorm Haus
Sie stelln sich vor und fragen sie
Für manche Nachricht ist´s zu früh!
So sieht kein Weihnachtsmorgen aus!

Man fand den Wagen irgendwo,
zerschellt an einer Häuserwand
Da war das Glatteis, einfach so,
in einer Straße, irgendwo
Den Toten man erst morgens fand

Die Polizisten gehen schnell
nach Haus, wo Weihnachtsmusik singt
An jenem Morgen wird´s nicht hell
Und mancher Tod kommt eben schnell
Manch Papa nie Geschenke bringt

Das Kind erwacht so gegen 10
Es fragt nach seinem Papa bald
Die Mutter bleibt im Zimmer stehn
Es ist an Weihnacht, früh um 10
Und in der Wohnung ist's so kalt

Sie nimmt das Kind in ihren Arm
Und drückt es fest ans Mutterherz
„Wolln wir zum Weihnachtsmann jetzt fahrn?"
Sie hält das Kind ganz fest im Arm
Und schluckt hinunter ihren Schmerz

Und alle Fragen bleiben fort
Es gibt auch keine Fragen mehr
Wo gestern noch ein schöner Ort,
bleibt aller Weihnachtszauber fort
Der Weihnachtsmann kommt nimmer mehr

Sie steigt ins Auto mit dem Kind
„Komm lass nach Papa uns jetzt schaun"
Es weht nur eisig kalt ein Wind
Sie fährt davon mit ihrem Kind
Auch draußen steht manch Weihnachtsbaum

Man sieht sie rasen übers Land
Es fällt der Schnee so weiß und dicht
Sie nimmt das Kind fest an die Hand
Es ist doch Weihnachten im Land
Die nächste Kurve sieht sie nicht

Dann ward es still
Kein Schnee, kein Wind
Nur einsam steht ein Weihnachtsbaum
Sie stieg ins Auto mit dem Kind
Und wollt zum Weihnachtsmann geschwind
Nur einmal noch den Weihnachtstraum

Und irgendwo zur Weihnachtszeit,
da wartet manches Kind verzückt
auf Papa mit dem Weihnachtskleid
Am Himmel hoch zur Weihnachtszeit
leuchten drei Sterne voller Glück

Träne

So manche Träne sieht man nicht
Sie wird geweint nur – *irgendwo*
Sie ist nicht groß, hat kein Gewicht
Man sieht so manche Träne nicht
Doch kommt sie oft, ganz einfach so

Sie zeigt in unsrer starken Welt,
dass man auch schwach ist, klein und dumm
Und wenn sie uns vom Auge fällt,
dann sehn wir anders diese Welt
Sie sagt so viel und bleibt doch stumm

Sie bleibt bei uns ein Leben lang
Sie kennt das Glück und auch das Leid
Egal, ob kerngesund, ob krank,
Sie ist stets da, ein Leben lang
Manch Seele wird durch sie befreit

Nein, ohne Tränen geht es nicht
Sie ist so wichtig, gut und klar
Sie gibt uns erst ein Angesicht
So manche Träne sieht man nicht,
denn sie ist klein und unscheinbar

Heimgang

Mein Sinn stand mir nach Nord und Süden
Ich wollte fort, woanders hin
Ich fand hier nicht den stillen Frieden
Mich zog es nur nach Nord und Süden
Hier fand ich gar nichts gut und schön

Da zog ich aus in ferne Lande
Und suchte nach dem großen Glück
Und fern am Meer, am weiten Strande
Lag ich im warmen weißen Sande
Und wollte wirklich nie zurück

Doch ewig wollts nicht Sommer bleiben
Der Strand lag einsam wie mein Herz
Da kamen eisig kalte Zeiten
Ich konnt nicht leben, konnt nicht bleiben
Und fuhr zurück, ganz ohne Schmerz

Bald war die Winterzeit vergangen
Und Sonne fiel ins neue Land
Ich fühlt mich nicht mehr unverstanden
Ich bin ins Heimatland gegangen
Wo ich bald neue Hoffnung fand

Kalter Winter

Der Winter ist so kalt
Ich sehne mich nach Dir
In dieser Traurigkeit
Allein
Und getrennt von Dir
Bin ich am See
Er ist so kalt
Ich fühle mich nicht wohl
Und ein heftiges Gewitter droht
Es will mich töten

Fremde Gesichter
Sie sind mir unbekannt
Doch kenn ich sie
Von irgendwoher
Schatten in der Fremde
Spuren im Schnee
Mein eigener Herzschlag
Der mich betäubt
Er lässt mich nichts mehr fühlen
Und auch nichts sehen
Bin ich gar blind?
Oder nur stumm?
Zu dumm und blöd für dieses Sein?

Blumen für die Spinner
Und keiner kann es so gut wie ich
Bin ich nicht ehrlich?
Zu Dir? Zu mir?
Zu allen um mich herum?
Zu wem eigentlich?
Ich lüge nie, und doch immer wieder
Weil ich's nicht anders kann
Ich bin doch klug!
Oder etwa nicht?
Wenn's um mich geht,
bin ich zu doof!
Es bleiben tausend Fragen!

Du gehst mit mir ins Ungewisse
In die Stadt der Angst
Die Stadt der Fremdheit
Du gehst mit mir ins Reich des Alleinseins
Des Fluches
Und der Flucht
In ein Reich der unbezwingbaren Sucht
Doch nur in den Gedanken
Ich torkele und spür sie nicht
Die Seele
Nein, ich bin noch nicht betrunken
Und Drogen sind mir fremd
Ich werd sie niemals nehmen
Es bebt das Meer, der Ozean
In jener Welt
Der Abgeschriebenen
Ich bin kein neuer Mensch
Ich bin schon alt

Und jung geblieben
Und doch so fern von allen Lüsten oder Trieben
Im Moment
Denn Du bist fort
Und all die Fremden um mich herum
Sind wie Gespenster
Sind ohne Namen
Und ohne Gefühle auch
Mich drängts zur Flucht
In neue Räume
In einen anderen Schoß
Und dann wird auch die Sonne wieder scheinen
Denn in diesem Leben
Kann ich ändern
Und bleibe dennoch
Immer *ich*

Abseits

Ich treff sie dort, wo alles leer
Tief in der Bronx, am Rand der Zeit
Das Lachen fällt ihr schwer, so schwer
Und machen Traum, den gibt's nicht mehr
So manche Hoffnung scheint so weit

Die Spritze in der rechten Hand,
den Stoff fest in der linken Faust
Ansonsten total abgebrannt
So lehnt sie weinend an der Wand
Ein Dealer um die Ecke saust

Ich frage sie, wie's sonst noch steht
Ist sie alleine oder nicht?
Sie sagt, ihr Leben sei verdreht
Für Kind und Mann sei's längst zu spät
Nur manchmal Sex
Jenseits vom Licht

Für zwanzig Dollar
Irgendwo
Dann reicht's auch für den nächsten Schuss
Sie meint, ihr Leben sei halt so!
Für wenig Geld ins Nirgendwo!
So sollt es sein wohl bis zum Schluss

Der Regen wäscht die Stufen ab,
auf welche sie ganz plötzlich sinkt
Ich will ihr helfen
Sie winkt ab!
Am End nur ein Ruinengrab!
Hier, wo es nur nach Abfall stinkt!

Sie schließt die Augen sanft und lieb,
wie manches Kind, das schlafen will
Was für ein Schicksal sie wohl trieb
an jenen Ort, wo´s ewig trüb
Sie liegt nur da und schläft ganz still

Wohl kann ich nichts mehr für sie tun
Längst ist sie fort – in ihrem Traum
So barfuß in zu engen Schuhn
sollt auf manch Stufen man nicht ruhn
Den reichen Segen gibt's hier kaum

Es ist schon Nacht, so gegen Drei,
da fahr ich ins Hotel zurück
In jener Welt, wo alles frei,
hört niemand mehr den stummen Schrei,
den Drogentod, fernab vom Glück

Da spricht ein Pfarrer im TV
Und viele andre nicken brav
Man stellt die Armen dann zur Schau
Und spricht ansonsten klug und schlau
Und legt sich dann zum süßen Schlaf

Ich sah sie dort, wo alles schwer
In jener Bronx, am Rand der Zeit
Die junge Frau gibt es nicht mehr
Sie starb ganz einsam
Wortlos, leer
Und meine Hoffnung ist so weit

Die Entscheidung

Die Fernsehsendung ging ewig nicht vorbei. Frank saß vorm Fernsehgerät und hörte zu, leerte währenddessen seine Flasche Bier, denn mehr trank er ja nicht, sein Blutdruck war einfach zu hoch. Er hörte die Leute dort in der Glotze, doch er hörte nicht zu. Ihm ging so vieles durch den Kopf: Seine eigene Leere, sein Alter – immerhin war er ja schon *fünfzig* – und seine Chancenlosigkeit. Er wusste, dass er in diesem Lande einfach keinen Fuß mehr auf den Boden bekommen würde. Seine Stelle in der Dreherei wurde ersatzlos gestrichen, und das nur allein deswegen, weil die Arbeit, die er immerhin seit dreiunddreißig Jahren ausgeführt hatte, von einem neuartigen Automaten verrichtet wurde. Von einem Automaten der billig war, immer einsatzfähig daherkam, und der keine Fragen stellte! Und nun? Was sollte nun werden? Die Sinnlosigkeit wuchs und doch fühlte er sich nicht schwach und schon gar nicht am Rande der Gesellschaft. Er half seiner Frau in der Imbissbude und brachte seinem etwas faulen ältesten Sohn das Rechnen bei, obwohl der ganz sicher nicht der schlechteste in der Klasse war. Frank wollte einfach nur gebraucht sein, nicht abgeschrieben sein, ein Mensch sein, frei sein und wieder durch die Läden hasten, weil jemand sagte, dass es schön sei zu shoppen. Und seine Frau hatte bald Geburtstag. Doch plötzlich hörte er doch wieder auf das Geschehen im Fernsehgerät.

Da brachte man es wieder: Eine Terrorgruppe, die irgendetwas mit einer anderen Glaubensrichtung zu tun haben wollte, brachte die Menschen tausendfach um. Sie wollten die Weltherrschaft und waren gnadenlos. Frank wusste, dass er gerade am Vormittag, als er in der Stadt war, um einzukaufen, vor dem Supermarkt von einer ähnlich scheinenden Gruppe angesprochen wurde. Man wollte die Schriften dieser Glaubensgruppe verschenken und Frank hatte entrüstet abgelehnt! Er fühlte sich irgendwie verfolgt von diesen Leuten, fühlte sich nicht wohl bei dem nagenden Gedanken, diese Gruppierung könnte eines Tages nicht nur die Menschen in den fernen Ländern abschlachten, sondern auch die eigenen Landsleute.

Und keiner konnte das lenken, konnte es verhindern, konnte dagegen vorgehen, weil es ja hieß, dass man die Fremden integrieren müsste. Nervös, aber auch ein wenig selbstgerecht kratzte sich Frank hinter den Ohren. Er war doch auch ein Bürger dieses Landes, ein ehemals hart arbeitender Bürger dieses Landes! Und er musste sich immer auf sich selbst verlassen, immer! Geschenkt wurde ihm nichts und manchmal schien es gar nicht klar, wie es weitergehen sollte. Da kam die Postwurfsendung einer neu gegründeten Vereinigung gerade recht, in welcher man das deutsche Volk aufrief, die eigene Glaubensrichtung, das friedliche deutsche Leben, zu verteidigen und es nicht zuzulassen, dass Hassprediger und anders geartete Täter fremdem Glaubens das Land überfluteten. Frank wurde es angst und er fürchtete sich plötzlich sehr. Aber wovor fürchtete er sich? Vor der weit entfernten Gruppierung, den Terroristen, die täglich mehr und mehr wurden, oder vor den Fremden im friedlichen Abendlande? Er konnte es gar nicht so recht beschreiben und er wusste auf einmal, dass es gar nicht die Fremden waren, die ihm Angst einflößten. Vielmehr war es die Angst, die lähmende Panik, auch noch das vertraute Umfeld zu verlieren, die Dinge, die er kannte, die er liebte und die er gewohnt war, wie das Leben, welches er doch so gut kannte.

In der Zeitung wurde gesagt, dass man nicht fremdenfeindlich sein sollte, denn dann wäre man ja ein Rechter und würde keine Chance mehr im Leben bekommen. Aber war das tatsächlich so einfach? Warum hörte den Leuten auf der Straße eigentlich keiner mehr zu? Warum diese Kluft zwischen den Menschen? Warum diese Abweisungen, weil man nicht die Ängste der Menschen erkennen wollte? Er hasste doch die Fremden nicht und wollte sie auch nicht wegjagen. Er hatte doch nur Angst, Angst vor einer fremden Glaubensrichtung, die sich hier zu sehr und zu stark breitmachen könnte, und das Leben der friedlichen Leute in ein Schlachtfeld verwandeln könnte. Warum konnte er mit niemandem darüber reden? Warum wurden all die Menschen, die augenscheinlich die gleichen Ängste hegten wie er, in die rechte Ecke abgeschoben - und damit Schluss? Frank verstand die Welt nicht mehr und brauchte dringend eine Erleuchtung. Er musste seine Angst kanalisieren und nahm sich vor, zu jener Veranstaltung zu gehen, wo möglicherweise viele dieser ängstlichen Leute hingehen würden. So zog er sich seine dicke Jacke über, steckte sich etwas Geld in die Hosentasche, vielleicht für ein oder zwei Wienerwürstchen, und lief los.

Auf dem großen Platz vor dem altehrwürdigen Rathaus hatten sich Dutzende Menschen eingefunden. Frank schien es gar nicht so, dass dies alles nur Rechte oder Verlierer der Gesellschaft seien. Nein, da war zum Beispiel der Professor von der Fakultät ebenso wie die Kindergärtnerin seiner jüngsten Tochter. Da stand der Arzt, bei welchem er in Behandlung war und auch sein Vermieter, der ganz sicher niemals in der rechten Ecke hockte. Es waren ganz normale Menschen und die Gespräche an jenem winterkalten Abend kochten, waren heiß wie siedendes Wasser.

Es war die Angst vor etwas, dass man nicht kannte, dass man nicht fassen konnte, was aber da war und einfach nicht wegging. Und eine einzige Frage kreiste in Franks Kopf: Warum mussten all diese vielen Leute hierherkommen, wenn doch die Antwort angeblich recht einfach erschien? Warum konnte sich keiner der örtlichen Politiker diesen Ängsten der Leute annehmen? Warum? Und ehe er sich's versah, steckte er auch schon in einer recht heftigen Diskussion mit anderen, die sich Luft machen mussten. Menschen, die Angst um ihre Kinder hatten, die

Angst vor der Zukunft hatten, die Angst vor einer fremden Übermacht hatten, die Angst vor Terror und vor Tod hatten, die reden wollten, die schreien wollten, die gehört werden wollten, die den Frieden in Gefahr sahen. Entschlossenheit und Mut, aber auch Unklarheit und Besorgnis stand den Leuten wie ein magisches Zeichen im Gesicht geschrieben. Und dann begann die Kundgebung.
Viele sehr besorgte Menschen sprachen dort oben auf dem Podium des Volkes, und Frank erschien es zum ersten Mal, dass die Leute auf dem Podest gar nicht weit von ihm entfernt waren, sondern lediglich die einfachen Menschen von nebenan. Und all diese Leute, diese Menschen, hatten die gleichen Ängste wie er. Sonderbar. Lange dauerte die Kundgebung und die Diskussionen wollten einfach kein Ende nehmen. Als dann jedoch einer der ortsansässigen Politiker, der seinerseits stets darauf bedacht war, sein eigenes Schäflein ins sprichwörtliche Trockene zu bugsieren, das Mikrofon ergriff, kochte die Stimmung über! Denn dieser geschniegelte und gebügelte, hoch bezahlte Agitator alter Zeiten faselte schon wieder etwas von rechten Kräften und vermeintlichen Verlierern der Gesellschaft, die das Volk ja doch immer nur aufhetzen und alles falsch verstünden!
Nun reichte es Frank! Mit einem Satz sprang er auf das Podest, riss dem vollkommen verdutzten Speichellecker das Mikrofon aus den schlanken, eingecremten Händchen und schrie seine eige-

nen Ängste in die gut funktionierende, akustische Technik hinein. Als er fertig war, blieb es still. In den Augen der Menschen glaubte er ein merkwürdiges Blitzen zu erkennen, was entweder am einsetzenden Regen liegen mochte oder auf Tränen zurückzuführen sein konnte. Nach einer kleinen Ewigkeit aber geschah das, womit Frank erst gar nicht gerechnet hatte: die Menge applaudierte und jubelte, brüllte Hochrufe oder war einfach nur gerührt! Frank begriff, dass die Herzen all der Anwesenden genau das gleiche fühlten wie auch seines. Und er wusste, dass er den Nerv der Menschen haargenau getroffen hatte. Es waren die gleichen Ängste, die alle miteinander verbanden. Dabei waren weder er noch die meisten der Anwesenden rechtsgerichtet, reaktionär oder gar der asoziale Mob der Stadt. Ganz im Gegenteil - er wollte doch nur den Frieden bewahren, und dass die Menschen, auch seine Kinder, in Sicherheit mit ihren Gewohnheiten leben konnten und nicht von Terror und Hass von einem fremden Aggressor überrollt würden.

Als sich die Kundgebung auflöste, klopften ihm viele Menschen dankbar auf den Rücken und einige sagten: Du hast es verstanden. Wir müssen etwas tun.

Frank wusste das und lief langsam und nachdenklich nach Hause. Unterdessen hatte der Regen an Intensität zugenommen und er konnte kaum die Hand vor Augen erkennen. Er wollte nur noch heim und er dachte an den Krimi, den er unter keinen Umständen verpassen wollte. Plötzlich vernahm er lautes Geschrei, und als er in eine kleine Seitenstraße abbog, um eine Abkürzung zu nehmen, stutzte er. Nicht weit von ihm entfernt schlugen zwei Männer auf einen anderen ein. Frank, der noch ziemlich aufgeheizt nach seinem unfreiwilligen Auftritt vor den vielen Menschen auf dem Rathausplatz war, dachte nicht lange nach. Er sprang auf die beiden Schläger zu und riss sie von ihrem Opfer herunter. Als sich der Geprügelte vorsichtig erhob, stand da ein Mann um die Vierzig, der augenscheinlich nicht aus Deutschland kommen mochte. Mit gebrochenem Deutsch stotterte er: „Danke, danke, dass Sie geholfen haben! Ich habe Angst, große Angst sogar!"

Frank trafen diese wenigen Worte wie ein scharfes germanisches Schwert! Er stand auf einmal mittendrin im Hass, obwohl er ihn doch gar nicht wollte. Auf der einen Seite sah er die blutrünstigen Gesichter der beiden jungen Schläger, die sich ihr Opfer offenkundig nicht zufällig ausgesucht hatten, und auf der anderen Seite stand da ein Mann, der all seine Vorurteile, seine eben noch vorrangingen Ängste durch sein bloßes Erscheinungsbild zum Ausdruck brachte, indem er einfach nur da war, und doch auch nur Angst hatte. Und dann strich er sich die Jacke glatt, wischte sich mit einer flotten Handbewegung den Regen aus dem Gesicht und sagte schroff:

„Ihr beiden verschwindet jetzt! Und sie, soll ich sie heimbringen?" Die beiden Schläger verschwanden alsbald in der Dunkelheit und nur Frank und der Fremde standen noch auf der Straße – auf jener Straße zwischen Angst und Wirklichkeit. Der Fremde meinte, dass er Omar hieß und im Asylantenheim lebte. Er kam aus einem Kriegsgebiet und seine gesamte Familie war schon abgeschlachtet worden. Frank schwieg zu alledem, wusste nur, dass er wirklich nicht rechtsgerichtet war, und auch nicht linksorientiert, oder sonst etwas. Er wusste aber auch, dass der Fremde da vor ihm an den gleichen Ängsten litt wie er selbst. Und in diesem Augenblick wurde ihm klar, dass er sich nicht geirrt hatte, wenngleich seine Betrachtungsweise eben noch etwas anders war. Denn als das Wichtigste erschienen ihm nicht etwa die quälenden Ängste, die wohl jeder hatte, der sich durch die Wirren unserer verrückten Zeit bewegte. Das Wichtigste war ganz sicher, den Menschen zuzuhören, sie zu verstehen. Und er hatte sich längst entschieden: *Es war ja alles klar, denn er wollte -allen- Menschen zuhören!*

Tod

Die Zeit vergeht
Mich zieht es nun nach Norden
Verschwommener Mond
Die Wolke stirbt am Berg
Vom Wind verweht
Der hört nicht auf zu morden
Ein dunkler Stern
Ich bleib ein arger Zwerg

Vergangenes Glück
Zu warm ist's nie geworden
Da starb soviel
Ein *Nachen* sank im Fluss
Einsam verrückt
Zum *x-ten* Mal gestorben
Hier ist's zu kalt
Und Gott zeigt keinen Gruß

Es ist vorbei
Mein Herz hört auf zu schlagen
Dem Tode nah
Und nimmer mehr befreit
Oh Herr, verzeih!
Verflucht an vielen Tagen
Weil ich nie sah
Mein großer Traum – *zu weit*

Geh heimwärts jetzt
Ein Stern wird mich begleiten
Im fernen All
Irrt manche Seel umher
Zu schlimm verletzt
Ich will mich da nicht streiten
Es bleibt ein Hall
So endlos still und leer

Du fremdes *Ich*
Zuviel hast Du gefordert
Im Spiegelbild
Ein abgestürzter Star
Jenseits vom Licht
Da ist kein Glück geordert
Zu dumm, zu wild
Am Ende nur ein Narr

Am Grab

Der Regen rieselt durch die Äste
Wart auf dem Friedhof ganz allein
Gedanken um des Lebens Reste
stelln kühl in meiner Seel sich ein

Hier ist´s so ruhig, endlose Stille
Nur Regen fällt auf manches Grab
So endgültig, ein letzter Wille?
Hier, wo man nichts zu sagen wagt

Da giert und jagt man durch die Zeiten
Da jammert man und will noch mehr
Man spürt nicht, wie die Jahr´ enteilen
Wie alt man wird und schwach und leer

Die Jugend ist nicht festzuhalten
Der Reichtum nicht und nicht das Gut
Nichts ist auf ewig aufzuhalten,
weil irgendwann erstarrt das Blut

So will ich Einhalt mir gebieten
Denn viel zu schnell komm ich hierher
Sollt´ wieder neu mein Leben lieben
Sollt´ Lieder singen, und noch mehr

Der Regen rieselt durchs Geäste
Und dunkel wird's im Friedhofshain
Was tu ich mit des Lebens Reste?
Schlag hoch den Kragen
Und geh heim

Alter Baum

Vorm Hause steht ein alter Baum
So weis' ist er, man glaubt es kaum
Zeigt lang schon keine Früchte mehr
Und in ihm drin ist's hohl, nicht leer

Vor hundert Jahren war hier Feld
Und wenig Menschen trug die Welt
Da hat man ihn tief eingepflanzt
So manche Nacht um ihn getanzt

Er wurde groß und größer nun
Entwuchs den engen Kinderschuhn
Und Wind und Regen peitschten ihn
Als Nistplatz prächtig, wunderschön

Die Zeit verging, Krieg zog ins Land
Im Bombenhagel fast verbrannt
Fürwahr, es brach manch starker Ast
Erhängte sind 'ne schwere Last

In jener toten Dunkelheit
vom Rauch erfüllt, fast schon entzweit,
gab er die Hoffnung niemals auf
Blieb standhaft er, und nahm's in Kauf

Da brachen neue Zeiten an
Und frischer Wind fegte ins Land
Man gab ihm Wasser und auch Halt
Und pflanzte einen neuen Wald

Jetzt ist er alt, spürt in sich Ruh
Im Winter deckt nur Schnee ihn zu
Wie schön, dass Frieden endlich ist
Und täglich ihn die Sonne grüßt

Vorm Hause wacht ein alter Baum
So weis' ist er, man glaubt es kaum
Zeigt lang schon keine Früchte mehr
Ich mag ihn gern
Ich brauch ihn sehr

Träume der Erinnerung

Schön war's in der großen Stadt
Job, Familie
Wunderschön
Dort wo keiner Namen hat
lebten sie in jener Stadt
So sollte es wohl weiter gehn

Doch seit kurzem träumte sie
von dem Ort, der endlos weit
Sah die Kirche, Wald und See
Manche Nächte träumte sie
von der fernen Seligkeit

Sie verstand die Zeichen nicht
Doch es zog sie magisch fort
Und sie sah im Traum ein Licht,
hatte Tränen im Gesicht
Wo nur lag dies Land, der Ort?

Mehr und mehr wollt sie dorthin
Alles schien ihr so bekannt
Wo nur lag des Traumes Sinn?
Warum wollte sie dorthin?
In dies wundersame Land?

Eines Tages brach sie auf
Nahm die Tasche wie in Trance
Nahm den Abschied selbst in Kauf
Schweigend brach sie einfach auf
War das ihre letzte Chance?

Auf dem Weg durch Traum und Zeit
kam nach Irland sie bei Nacht
Lang schien dieser Weg und weit
Irgendwo am Rand der Zeit
wurde sie nach Haus gebracht

In dem kleinen Dorf am Meer
sah es aus wie in dem Traum
Kirche, Wald, sie wollt hierher
In das kleine Dorf am Meer
In das Haus beim Mandelbaum

Nichts war hier wie in der Stadt
Ruhm und Reichtum gab´s hier nicht
Wichtig war nicht, was man hat
Wichtig nicht die ferne Stadt-
Nur des Mondes fahles Licht

Auf dem kleinen Friedhof dort
stand sie an dem fremden Grab
Hier an diesem stillen Ort
trug sie die Erinnerung fort
Las die Inschrift, die schon matt

Da durchfuhr ein Blitz ihr Hirn
Und sie wusste es genau
Ihre Mutter lag hier drin
Ja, ihr Traum zog sie hierhin,
zu dem Grab der toten Frau

Und sie fühlte sich so gut
Goss die Blumen vor dem Stein
Hatte wieder Lebensmut
Denn sie fand ihr eigen Blut
Ihre Seele wurde rein

Plötzlich hörte sie von fern,
wie die Mutter leise sang
„Ach, mein allerliebster Stern,
kamst zu mir, doch ich bin fern.
Kamst zu mir, zum weißen Strand"

Lange saß sie noch am Grab
Und sie küsste sanft den Stein
Dort, wo's keine Zeit mehr gab
Dort an Mutters kleinem Grab,
konnt sie endlich glücklich sein

Als sie wieder heimwärts zog,
war voll Liebe sie und Kraft
Und ein Silberwölkchen flog
übers Meer, auf dem sie zog
Ja, sie hatte es geschafft!

Und daheim – dort, in der Stadt,
hatte sie den Sinn erkannt
Wer im Herz sein' Mutter hat,
braucht nicht Geld, nicht Ruhm und Stadt
Nur manch Traum
Und Mutters Hand

Verloren

In der Nacht
Weit weg von Lieben und von Leiden
Wo die alten Keller gut Geschäfte treiben
Am Stadtrand, da stehen sie an den Geländern
Ihr Blick wie Eis mit schwarzen Trauerrändern

Sie sind der Tod, die ewig arg Gehassten
Suchen die Gelegenheit, die sie einst verpassten
Nur einen Augenblick
Fern bleibt die Liebe
Ein Tanz des Teufels und der verirrten Triebe

Und hinter grauen, kranken Lügenmasken
Schlägt Einsamkeit in eisigkalten Herzen
Zitterndes Hirn, kurz vor dem Tod, dem Ende
Schweigsames Gefühl und keine warmen Hände

Im hellen Licht sind sie wie winzig kleine Motten
Wissend bereits, dass alles immer schon verloren
Der letzte Treff vor aller Hoffnungslosigkeit
Scheint jener Ort
Fernab der bittersüßen Wirklichkeit

Zwiegespräch

Trübe ist der Tag
Der letzte Tag am Meer
Und immer wieder leben meine Träume
Leben in dieser kalten Einsamkeit
Ich bin abhängig zu sehr
von alten Gefühlen
Von Dir, Du alte Liebe

Und ich stehe vor den Trümmern meines Lebens
Ausgebrannte Welt
Zerstört
Und jeder Tag vergebens
So flieh ich weit,
ins tatenlose Nichts der Zeit
Und die Ruinen meiner Hoffnung ragen in die Dunkelheit
Drohen in der tristen Dunkelheit

Leise ist mein Wort,
mein letztes Wort im Wind
Und immer wieder wollt ich's schreien
Umsonst
Ich werd doch nie erhört
Was wollt ich immerzu
von meinem Leben
Ich kann jetzt nur noch schweigen

Und ich stehe vor den Trümmern meines Lebens
Aufgebaute Welt
Zerstört
Und jeder Tag vergebens
So flieh ich weit
Ins tatenlose Nichts der Zeit
Und die Ruinen meiner Hoffnung ragen in die Dunkelheit
Drohen in der tristen Dunkelheit

Letzter Blick

In der Garderobe ganz allein
Ein Clown, schon alt und ziemlich bunt
Schaut in den Spiegel lang hinein
In der Garderobe, ganz allein
Zu seiner allerletzten Stund

Mit weiß geschminktem Angesicht
schaut er sich bitter schweigend an
Warum nur ist so hell das Licht?
So weiß und trist sein Angesicht!
Was für ein Narr!
Ein alter Mann!

So viele Jahre war es so
Die Bühne und die schöne Schau
Jetzt sitzt er hier und scheint nicht froh
So viele Jahre – einfach so
Sein Haar ist dünn und auch schon grau

Die Kinder hatten ihn geliebt,
als er noch sang vom großen Glück
So manches laute Frühlingslied
sang er mit Kindern, die so lieb
Jetzt schweigt er hier im letzten Stück

Sein Leben war die Zirkusluft
Ein anderer sein, das wollte er
Er spürt, wie etwas nach ihm ruft
So fern von aller Zirkusluft
Im Herze wird's ihm ach so schwer

Er kann doch nicht so einfach gehn,
dorthin, wo er nicht spielen kann
Soll aller Spaß mit ihm verwehn?
Soll man denn wirklich wortlos gehn?
Er ist ein Clown, ein Zirkusmann!

Doch bleibt ihm keine Antwort mehr
Von fern noch hört er den Applaus
In der Garderobe ist's so leer
Hier gibt es keine Antwort mehr
Und er geht niemals mehr hinaus

Ganz dicht rutscht er zum Spiegel hin
„Wo ist mein Lachen?", fragt er sich
Wo ist all das, was ich noch bin?
Der Spiegel flüstert leis zu ihm:
„Du bleibst ein Clown, gar vorbildlich!"

Und lächelnd lehnt er sich zurück
Ein letztes Mal schminkt er sich ab
Es war sein allerhöchstes Glück
Zufrieden lehnt er sich zurück
Hier vor dem Spiegel ward sein Grab

Für meine Mama

Manchmal sagtest Du:
Es geht vorbei
Und ich saß nur da und schwieg
Und weinte auch
Weils bei mir mal wieder
schiefgegangen war
Doch dann lief ich los
Ins Leben – lachte laut
Und Du schautest mir noch lange nach
Und an Weihnachten brannten
Echte Kerzen
In unseren Herzen

Ich war so voller Tatendrang
Und wollte noch so viel
Und manchmal auch zu viel
Lief fort und kam doch wieder heim
Zu Dir
Zu meiner stetigen Geborgenheit
Und wir waren glücklich und so froh
Und auch zufrieden
Wo heute manchmal fehlt
mir die Bescheidenheit

Was waren das für Jahre
Meine Mama, ach
Ich liebe Dich
Und so wird's auch immer bleiben
Ich bin Dein Kind, für immer
So ist es eben
Mutter und Sohn
Und sonst gibt's nichts
Das war seit Generationen so
Wir sind füreinander da
Und doch sind´s einfach viel zu wenig Worte
Für Dich, meine Mama

Phoenix

Traf Dich in der großen Stadt
Dort in Phoenix, irgendwo
Dort, wo keiner Namen hat
Irgendwo in dieser Stadt
Fragt' ich Dich ganz einfach so

Dein Gesicht, Dein blondes Haar
Und Dein Lachen, sonderbar
Alles war wies niemals war
Wie Dein Lachen unterm Haar
Wollte bleiben, völlig klar!

Ach, wir tanzten durch den Tag
Durch die wundervolle Stadt
Dort, wo keiner Namen hat
Sangen wir durch diese Stadt
Und wir stellten keine Frag

Irgendwann der erste Kuss
Blondes Mädchen, irgendwo
Niemand dachte an den Schluss
Dort in Phoenix dieser Kuss
Und wir waren glücklich, froh

Da, im Radio, dieser Song
Deine Stimme war's, ein Traum
Phoenix, Du, nun komm doch schon!
Oh mein Gott, was für ein Song!
Und wir kannten uns doch kaum

Doch mein Herz schlug anderswo
Wollt nach Westen weiter ziehn
Ja, wir waren glücklich, froh
Blondes Mädchen irgendwo
Du warst unbeschreiblich schön

Eines Tags, da spürte ich
Dieses Fernweh nach Asphalt
Wusste doch, ich liebe Dich
Doch es schien absonderlich
Phoenix macht mich nicht mehr alt

Lächelnd nahm ich Deine Hand
Küste Deine Tränen fort
Als mein Pickup dann verschwand
Winktest Du mit schwerer Hand
Und bliebst stehn noch lang am Ort

Phoenix lag lang hinter mir
Musst´ nach Westen weiter ziehn
Irgendwann, so gegen Vier
Schrieb ´ne SMS ich Dir
Willst Du denn nicht mit mir gehn?

Doch du schwiegst, mein Phone blieb stumm
Und ich war schon weit, so weit
Dachte schon, Du nimmst mirs krumm
Diese Trennung, die so dumm
Lang vorbei schien unsere Zeit

Da, im Radio, dieser Song!
Diese Stimme, das warst Du!
Riefst nach mir, nun komm doch schon!
Oh mein Gott, was für ein Song!
Und vorbei war's mit der Ruh!

Wendete den Wagen schnell!
Fuhr zu Dir, mein Phoenix-Star!
Jene Stund war hell, so hell
Fuhr zu Dir, nach Phoenix schnell!
Plötzlich schien das Leben klar!

Irgendwo am Straßenrand
Standst Du noch und winktest mir
Habe Dich sofort erkannt
Tränenschwer am Straßenrand
Jetzt bleib ich für immer Dir!

Traf Dich in der großen Stadt
Dort in Phoenix, irgendwo
Wo das Glück 'nen Namen hat
Dort in dieser Riesenstadt
Wurden wir gemeinsam froh

Und der Westen blieb nicht fern
Nach Los Angeles wir zwei!
Blondes Mädchen, Du mein Stern
Hollywood war nicht mehr fern
Phoenix machte uns so frei!

Immer auf der langen Fahrt
Mal nach West und mal nach Süd
Unsre Herzen blieben stark
Wir zwei auf der großen Fahrt
Weil ich Dich für ewig lieb!

Stich

Ich fuhr hinaus in jene allzu fernste Ferne
mit meinem Rad
Und ich verfuhr mich irgendwann
Ich suchte meine viel zu unbekannten Sterne
Und wollt doch nur hinaus in jene fernste Ferne
Und spürte einen Stich in meinem Herz
Sodann

Ich fiel vom Rad und sah mich plötzlich sterben
Von oben konnt ich mich da unten liegen sehn
Ich wollte nicht
und hatte auch nichts zum vererben
Ich lag nur da
und sah mich plötzlich ewig sterben
Und konnte diesen Augenblick
nicht mehr verstehn

Da zog manch Traum vor mir durch alle Zeiten
Sah mich als Kind
Und auch manchmal als großen Clown
Doch wollte ich so gern in dieser Welt
noch bleiben
Und nicht entfliehen vor den fernen,
guten Zeiten
Ich spürte einen Stich
In meinem großen Lebenstraum

Wie ich so lag, kam da ein alter Mann des Weges
Er sah mich an und lachte leis in sich hinein
Er war nur da,
kam wohl den langen Weg per pedes
Wie ich so lag, kam da ein alter Mann des Weges
Und hielt in seiner Hand 'nen dunkelblauen
schönen Stein

Er sprach mich an
War ich etwa noch nicht gestorben?
Ich sollt ihn sehn,
den Stein des Lebens und der Zeit
Ich wär durch ihn dereinst
ein kluger Mann geworden
Doch im Moment
fühlt' ich mich viel zu arg gestorben
Der alte Mann jedoch erhörte nicht mein klagend
Jammerleid

Er legte schnell den Stein in meine kalten Hände
Und plötzlich zogen alle Tränen
und auch alle Ängste fort
Alsbald entschwand er wie ein Nebel da
in dem Gelände
Er drückte jenen Zauberstein
in meine frierend' Hände
Und ließ mich zurück
an diesem magisch tristen Ort

Da wuchs die Kraft aus meinem Innern
und aus meiner Seele
Sie wuchs empor
und ich erhob mich ohne alle Klag
Und wenn ich´s mir heut einsam
irgendwo erzähle,
wächst jedes Mal die unbekannte Kraft
in meiner Seele
Und es erwacht aus jedem Morgen
auch ein guter Tag

Ich fuhr nach Haus,
war wohl ein neuer Mensch geworden
Mein Herz schlug gut
und alles war so reich an Sinn
Wär ich tatsächlich dort im Feld
vielleicht gestorben,
hätt nie erlebt ich
so manchen wunderschönen Morgen
Und alle Träume
und die Hoffnung wären längst dahin

Es war der Stein
Es war der fremde, mysteriöse Alte,
der mir die Kraft und meinen Stolz
zurückgegeben hat
Und wenn im Spiegel ich entdeck
so manche Lebensfalte,
wollt ich so sein wie jener gute unbekannte Alte,
der mir gezeigt,
dass alle Hoffnung doch niemals ein Ende hat

Ein Toter

Ein Toter ward am Fluss gefunden
Ich habs gesehn
Er lag so steif
Und sein Gesicht war gar nicht zerschunden
Ein Toter ward am Fluss gefunden
Er lag nur da im Morgenreif

Wir standen bleich und arg erschrocken
Man sieht gar selten solch ein Bild
Er lag, als wollte er uns schocken
Wir standen bleich und arg erschrocken
Er hat uns tief ins Herz gezielt

Gar Vieles könnte man jetzt sagen
Doch tot bleibt tot, da hilft nicht viel
Und selten ist man sich im Klaren
Gar Vieles könnte man jetzt sagen
Ist's wirklich Tod oder nur Spiel

Ein Toter ward am Fluss gefunden
Er lag nur da, so bleich und kalt
Und nichts an ihm war da zerschunden
Man hat ihn einfach nur gefunden
So mancher wird heut nicht sehr alt

Nebel

Draußen ist es bitterkalt
Dunkel liegt der schwarze Wald
Dort am Weg, ein einzig Licht
Keiner da, der mit mir spricht

Einen Toten fand man dort
Am gespenstisch, dunklen Ort
Und ein Wind weht ziemlich kühl
Alles bleibt dramatisch still

Diesig wird's und ziemlich nass
Überall fehlt Lust und Spaß
Möchte fliehen aus dem Tag,
der nichts Gutes an sich hat

Doch es bleibt ein frommer Wunsch
Längst ertränkt im letzten Punsch
Und es bleibt nur bitterkalt
Dort im neblig schwarzen Wald

Flammen

Es zügeln die Flammen,
verschlingen das Haus
Die Menschen da drinnen
sind lang noch nicht raus
Ach helft doch den Leuten
Sie brennen ja schon
Wie gut, dass ich nicht
in jenem Haus wohn

Es töten die Flammen,
das Haus ist lang fort
Und auch all die Menschen
Man fragt: „*War das Mord?*"
Doch keiner will´s glauben
Man sucht nach der Schuld
Warum das Gerede
Warum die Geduld

Es sterben die Flammen
Ein neues Haus steht
Und auch neue Menschen
Ob das wohl gut geht?
Und keiner stellt Fragen
Man sieht ja nichts mehr
Und wieder kommt scheinheilig
Frieden einher

Vogel

Es ist ein Vogel einst geflogen
Der Vogel brachte Glück und Licht
Und deshalb bin ich losgezogen
Doch fand ich diesen Vogel nicht

Wo mag der Vogel denn bloß leben?
Ich möcht ihn wirklich endlich sehn
Der Vogel könnt´ mir Freude geben
Und fliegen könnt´ ich, wunderschön

Da kam ich an im fernen Lande
und sah den Vogel – er war tot!
Mein Traum zerrann im heißen Sande
Und ich litt wieder arge Not

Vor Jahren ist das Tier gestorben
Hab an den Vogel oft gedacht
Ich sehnt´ nach ihm mich jeden Morgen,
dass er mich führt aus tiefster Nacht

Wohl sollt´ ich ohne Vogel leben!
Denn ich bin selbst mein eigner Herr!
Ich kann nicht fliegen, doch verstehen!
Ich brauche keinen Vogel mehr!

Menschenleeres Haus

Menschenleer ist dieses Haus
Blumen fehlen, Türen, Luft
Keine Katze, keine Maus
Nur ein Vöglein ist's, das ruft

Höre zu dem kleinen Tier,
dass so viele Töne bringt
In dem Haus, das menschenleer
Wo nicht mal ein Radio singt

Plötzlich bin ich nicht allein,
denn mir scheint, da ist noch wer
Geh ins Badezimmer rein
Dieses ist nicht öd und leer

Denn dort planscht ein Kind, welch Freud
Voller Glück, mit lautem Ton
Und ich schaue wie betäubt
Wem gehört nur dieser Sohn?

In dem menschenleeren Haus
Ist es da, bringt Leben her
Da fällt ab so mancher Graus
Gar nichts ist mehr wie vorher

Menschenleer war dieses Haus
Menschenleer doch jetzt nicht mehr
Wozu brauch ich Katz und Maus,
wenn laut lacht ein Kind all hier

Kabinett der Puppen

Ich war im Kabinett der Puppen
Es war ein ziemlich mieser Schuppen
Der Wind verging sich an den Fenstern
Ich schien umgeben von Gespenstern

So reglos standen Wachsgestalten
Die hatten ihren Platz behalten
Von Spinnweben schon eingehüllt
Haben sie einst ihren Sinn erfüllt

Der Wind zerbrach die dünnen Scheiben
Er wollt die Puppen wohl vertreiben
Doch fieln sie nur im starken Wehen
Ich konnte selbst kaum widerstehen

Zerbrochen lagen sie am Boden
Die Puppen, die uns einst betrogen
Doch Puppenhäuser gibt's noch viel
Dort weht der Wind noch ruhig und still

Wolken

Wolken vor dem Mond
Ob das Warten sich noch lohnt?
Viel entzieht sich meinen Blicken
Wird mir die Erkenntnis glücken?
Ich zieh nicht aus freien Stücken
Wolken vor dem Mond

Wolken vor dem Mond
Angst kommt auf, die sich nicht lohnt
Hat sich doch ins Hirn geschlichen
Kurz ist auch mein Traum verblichen
Sehr viel Zeit ist schon verstrichen
Wolken drohn vorm Mond

Wolken vor dem Mond,
der ruhig dort am Himmel thront
Endlich hab' ich mich entschieden
Bin trotz allem hiergeblieben
Will nicht kampflos gehn gen Süden
Klar scheint nun der Mond

Glauben

Fühl mich verstoßen von dem Gott
Er lässt mich fallen, einfach so
Und hat mich wohl niemals geliebt
Und lässt mich büßen
Irgendwo
Und irgendwann frag ich
Warum?

Weil ich für kurze Zeit geglaubt,
es gäb den wahren Glauben
an die Menschen und an *ihn*
Und an das Gute
Und an die Reinheit in manch Blute
Und an jenen guten Tag, der käme

Ich hab gehofft, es würde besser,
die alten Träume und das Leben
All das würde mir vielleicht einmal gegeben
Kein Darben mehr und keinen Hass
Und nie mehr Trübsinn hier auf Erden

Der Glaube ist noch nicht gestorben
Gibt es ihn doch, den großen Gott?
Bleibt die Angst vorm Verderben und vorm Tod?
Bleibt eingeschwärzt mein schwaches Hirn?
Trifft Unheil weiterhin die arme Seele?

Ich weiß, ich bin!
Das ist meine Erkenntnis!
Bin nicht verloren und ich glaube fest!
Er muss nicht alle lieben
Und wenn er mich doch sehen sollt,
dann will ich beten, um alles hier zu lieben!

Das Wunder

Es war so gegen *Zwei*, auch *Drei*,
da brach die Grube laut entzwei
Die Kumpel unten, fünfzig Mann,
die sahen einen Blitz sodann
Dann war es plötzlich aus, vorbei

Ein Rauch stieg dicht aus jenem Loch
Der Teufel war's, der drunten kroch
Auch oben spürte man den Schlag,
an diesem furchtbar schlimmen Tag
Und keiner kam mehr lebend hoch

Es war so dunkel, still und schwarz
Der Tod war da und einsam war's
Und Hitze fuhr durch jenen Berg
Die Hoffnung ward zum armen Zwerg
Was für ein böses Trauerspiel

Und die Sirenen heulten schrill,
Doch in der Grube bliebs so still
Da unten starben fünfzig Mann
Die sahen ihren Tod sodann
So fern manch Hoffnung manch Gefühl

Vom Sternenhimmel klang ein Lied
Ob doch ein Wunder noch geschieht?
Und alle kämen lebend raus,
aus diesem dunklen Totenhaus?
Ob das der Herrgott doch noch sieht?

Und wie im Traum, ein Kreuz vorm Schacht,
so ganz aus Luft, wer hätts gedacht
Welch Segen zog da durch die Welt
Dort, wo kein einzig´ Wort mehr fällt
Dort, wo ein Wunder nimmer lacht

Da traten aus der Dunkelheit
die Männer in die Wirklichkeit
Die Frauen weinten voller Glück
Die Männer kamen jetzt zurück
Und alle Trauer schien so weit

Wie konnte das nur möglich sein?
Sie durften wieder glücklich sein!
Da flog ein Engel übern Schacht
Es war am Abend, gegen *Acht*
Erleichterung zog wieder ein

Und als die Grube ausgeglüht,
da stieß man an aufs große Glück
Und plötzlich drang dies Lied von fern,
das damals klang vom fremden Stern
Es war ein leises Weihnachtslied

Gedanken

Und wieder ist es Morgen
Gerade mal halb Sieben
Und wieder bin ich nachts wach geblieben
Zuviel gegessen gestern Abend?
Zuviel getrunken?
Es war so gegen *Vier*
Da trieb mich die Angst aus dem Bett
Was ist, wenn ich doch nicht mehr gesund bin?
Welchen Sinn hätte dieses Leben
dann wohl noch?
So treibt es mich in den Tag, den tristen
Und ich spür, dass ich nicht wach bin
Der Fernseher bleibt oft der einzige Freund
Mammutfernsehen
Briefe schreiben an die Welt
Und Gott
Nichtgebrauchtsein, von keinem
Und doch von einem, der Mutter
Sie hatte mich stets so geliebt
Sollte ich wirklich so krank sein?
War's nicht nur ein alberner Alptraum?
Verrückte Gedanken
Und die Welt zerfällt zu Asche
In ihre Einzelteile
Ich steigere mich in wirre Träume
Bis zum Zitterkrampf manchmal
Panik überall!
Was kann das nur sein?
Psychosen oder nicht
Ich muss mich fangen!

Und da: *Schritte vor dem Haus*
Autotüren knallen
Stimmengewirr, Wortfetzen
Plötzlich zerreißt ein Motorengeräusch den Tag
Dann ein Quietschen!
Ein Unfall?
Dann eine Polizeisirene
Ein Unfall – wo?
Bei mir ist's ruhig
Doch dann war's doch nur Einbildung
Der Fernseher vorm Bett schrie bis halb *Zwei*
heut Nacht
Irgendjemand muss doch mit mir reden
Die Zeitung tut es lange schon nicht mehr
Ich muss Menschen sehen
Die Fremden und die bekannten – Menschen!
Und ich seh die jungen Leute
von meinem Fenster aus
Sie fahren vorbei mit ihren Autos
und ihren tollen Ideen
Ich wäre gern noch mal wie sie
So unbefangen und so frei
So frei, wie ich nie war
Meine Gedanken drehen sich wild im Kreis
Nur wenn Mutter kommt,
kommt auch ein bisschen Mut
Und manchmal auch der Satz
Ich sollte mich nicht hängenlassen
Andere haben auch zu tun
Mit sich und auch mit anderen
Leicht wird's keinem heut gemacht
Und Mutter lacht – nimm es nicht so schwer

Auch mein Kopf bleibt schwer
Viel zu schwer
Manchmal wird mir die Luft so knapp
Dann denke ich, ich erstick an diesem Mief
Dabei brauch ich doch nur aufzustehen
und einzuatmen, tief, ganz tief
Die Gedanken drehen sich wild im Kreis
Manchmal kommt Wut auf
Ich erschrecke vor mir selbst
Und wieder ist sie da, die Angst
Dann steh ich vorm Spiegel
Und schau in mein Gesicht
Ist da nur Leere? Wirklich nur die Leere?
Nein, da ist noch mehr, sehr viel mehr!
Da schaut mich ein Leben an
Ein wildes, manchmal ausgefülltes,
oft eintöniges, selten bösartiges,
mehr gutes Leben
Meines ist's!
Ich bin nicht zu dumm für diese Welt
Das wird mir plötzlich klar
Und wohl auch nicht zu hässlich
Vielleicht manchmal zu arm
Und immer viel zu hungrig
Ich suche nach dem rechten Pfad
Nach einem Weg, der ans Licht führt,
irgendwann
Vielleicht schon morgen
Vielleicht schon bald
Und wenn ich unter die Dusche trete,
dann ist mirs, als werd ich neu geweckt
Und dann beginnt ein neuer Tag

Ein völlig neues Leben
Irgendwo, in fernster Ferne und doch ganz nah,
denn es ist mein Zuhause
Dort am Ufer meiner Träume steh ich selbst
Und ich lache und ich singe die schönsten Lieder
Und Mutter sagte immer:
„Du schaffst das schon!"
Denn Du bist stark!
Ja, ich bin wirklich stark!

Gotteskind

Sonne über meinen Träumen
Überall des Meeres Blau
Liebe unter Mandelbäumen
Mitten drin in besten Träumen
Nirgendwo ist's trüb und grau

Doch die Ruhe trügt behände
Dunkle Wolken ziehen auf
Irgendwas lähmt mir die Hände
All die Schönheit trügt behände
Es beginnt ein Hürdenlauf

Mir wird's heiß und kalt und bange
Schweiß perlt krank mir von der Stirn
Bin im Würgegriff der Schlange,
die umschlingt mich ziemlich lange
Und ein Blitz zuckt durch mein Hirn

Jener Blizzard wird noch kälter
Friert mich in der Hölle ein
Werd sekündlich immer älter
Unterm Eis
Erstickt die Wälder
Nein, ich will kein Opfer sein!

Da, der Teufel fährt hernieder
Trifft mich in mein Herze tief
Schwefeldampf statt Duft von Flieder
Todesschreie immer wieder
Was ging da im Leben schief?

Fall hinein ins Bodenlose
Liebe Hoffnung
Halt mich fest!
Ohne Hemd und ohne Hose
falle ich ins Bodenlose,
bis der Mut mich fast verlässt

Mit den allerletzten Kräften
bete ich zum Jesus auf
Und alsbald in neuen Säften
komm ich wieder neu zu Kräften
Zieh mich langsam hoch hinauf

Bis ans Licht ich wieder strebe
Bis ich spür den frischen Wind
Bis ich wieder richtig lebe,
weil ich nach den Träumen strebe
Denn ich bin ein Gotteskind!

Hofgang

Häftling Nummer *Drei-Vier-Acht*
zieht durch Regen und die Nacht
Zwanzig sind sie an der Zahl
Gehen durch ein tiefes Tal
Stolpern durch die dunkle Nacht

Keiner fragt sie, sie sind stumm
Laufen nur im Kreis herum
Irgendwo in einem Knast
haben sie die Zeit verpasst
Laufen nur im Kreis herum

Und der Häftling schaut sich um
Läuft nicht aufrecht, läuft so krumm
Und der Wärter schreit ihn an:
„Los geh weiter, schneller, Mann!"
Er läuft weiter, ängstlich, krumm

Dabei träumt er nur vom Glück
Von der Freiheit, nur ein Stück
Doch der Traum stirbt in der Nacht
Niemals mehr die Sonne lacht
Von der Freiheit gibt's kein Stück

Damals war's, er wurde schwach
Dachte wohl nicht lange nach
Schoss auf Menschen, zwei, dreimal
Schoss sich selbst ins Jammertal
Nein, er dachte gar nicht nach

Für Sekunden unbedacht
Für ein Leben in der Nacht
Regen im Laternenlicht
Nein, die Freiheit gibt's hier nicht
Nur die furchtbar kalte Nacht

Und er zittert und er friert,
bis man ihn zur Zelle führt
Mit fünf andern ist er dort
Nein, das ist kein schöner Ort
Wärter sind so ungerührt

So vergeht das Jahr, die Zeit
Freiheit ist unendlich weit
Häftling Nummer *Drei-Vier-Acht*
weiß nicht, wie die Sonne lacht
Und die Hoffnung ist so weit

Irgendein Artikel schreibt:
„Ein Häftling starb in Dunkelheit!"
Wohl war's auch kein guter Mann
Man fand ihn irgendwo – und wann
Am tristen Ende aller Zeit

Ende der Welt

Sonnenstürme über mir
Diese Welt zerbricht im Traum
Schreien wie ein wildes Tier
Sterben ohne Zeit und Raum

Gier frisst sich durch allen Dreck
Irgendwann die Haut verbrennt
Niemand steckt die Hölle weg
Weil der Teufel Amok rennt

Durch das Flussbett rinnt nur Blut
Schwefeldampf ätzt sich behänd
In den Städten herrscht die Wut
Bis man sich nicht mehr erkennt

Geld bepflastert Hof und Haus
Wertlos nur des Menschen Geist
Tot sind Hoffnung, Tier und Laus
Alles Liebe scheint vereist

Da, ein Blitz am Firmament
Jene Nacht ein Knall zerfetzt
Alles Irdische verbrennt
Unser Ende kommet jetzt

Heimat

Alles sieht vergessen aus
Dreck aus alter dunkler Zeit
Schön hat's nur manch graue Maus
Alles sieht so traurig aus
Alle Freud erscheint so weit

Keine Hoffnung, wenig Glück
Wege enden nirgendwo
Hier möcht man nur noch zurück,
dorthin, wo das große Glück
Dieser Kiez macht keinen froh

Hausfassenden bröckeln ab
Manch Gesicht scheint ohne Lust
Hier, wo niemand Hoffnung hat,
bröckelt die Fassade ab
Und es blüht nur Hass und Frust

Doch ich zieh durch jene Welt,
die mir noch so sehr vertraut
Damals hatte ich kaum Geld,
hier in dieser tristen Welt
Hier, wo mancher Traum verbaut

Vor dem Haus am Straßeneck
bleib ich stehen, schau mich um
Zwischen Autolärm und Dreck
wacht dies Haus am Straßeneck
Einsam stehts und ziemlich krumm

Fake News 88

Lehn mich weinend an die Wand,
die so vieles schon gesehn
Ja, sie hat mich gleich erkannt,
diese alte Häuserwand
Ist heut nicht mehr stark und schön

Ach, sie hat mich lang beschützt
vor dem Leben, vor manch Klag
Hab einst etwas eingeritzt
in die Wand, die mich beschützt
Und ich les
Es ist noch da

Bald schon geh ich fort sodann,
durch die Straßen, die so trist
Bin ich heut ein andrer Mann?
Wo kommt man im Leben an?
Dort nur, wo die Heimat ist

Angst

Soviel Angst in jenen Tagen
Wache auf, nachts, gegen 4
Wirres Denken will mich plagen
Mein Verstand scheint zu versagen
In mir tobt ein wildes Tier

Kann den Körper kaum noch spüren
Kann nicht sehen, was ich will
Alles scheint sich zu verlieren
Und mein „Ich" scheint sich zu zieren
Warum ist es nur so still?

Doch die Angst zieht durch die Seele
Tobt in mir und schweigt so still
Trocken schmerzt die durstge Kehle
Schmerzen auch in meiner Seele
Nichts geht so, wie ich es will

Alles scheint sich da zu drehen
Schweiß rinnt mir von Nas uns Kinn
Lieber Gott, lass das vergehen!
Kann mich selbst nicht mehr verstehen
Und ich sink zum Boden hin

Zitternd schnapp ich Luft zum Atmen
Auf der Brust liegt schwer ein Stein
Auch mein Herz scheint zu versagen
Droht, sich aus der Brust zu schlagen
Und der Tod scheint nah zu sein

Plötzlich schwebt ein *Engelskinde*
Durch das offne Fenster her
Mit ihm kommen frische Winde
Draußen rauscht die alte Linde
Wo nur kam der Engel her?

Da, er singt ein leises Liedchen
Leicht wird's mir, erklärt mein Blick
Wie es singt, dies fremde Bübchen
Schwebt vor mir und singt ein Liedchen
Weinen möcht ich da vor Glück

Auch das Zittern geht behände
Gut und sanft schlägt mir mein Herz
Trocken werden Brust und Hände
Und die Nacht schleicht sich behände
Durch das Fenster
Himmelwärts

Und der Engel ist verschwunden
Fühl mich plötzlich gut, so gut
Fort sind Ängste, alte Wunden
Mit dem Engel wohl verschwunden
Ruhig pulsieren Herz und Blut

All die Ängste und die Sorgen
Sind vorbei und nicht mehr hier
Es beginnt ein neuer Morgen
Was liegt da in mir verborgen?
Wo in mir nagt jenes Tier?

Werd die Antwort nicht erfahren
Denn es gibt die Antwort nicht
Schwierig wird's in manchen Jahren
Traumlos an so manchen Tagen
Tränen stehn mir im Gesicht

Starr zum Spiegel in der Diele!
Lieber Gott, mach mich gesund!
Ja, ich hab noch große Ziele!
Und ich hab auch noch Gefühle!
Und so manche gute Stund!

Doch ich weiß, es wird sie geben
Manche Nacht, so gegen *Vier*
Weiß jedoch, ich bleib am Leben
Denn mein Engel wird mich sehen
Und dann stirbt die Angst in mir

Kleiner Junge

Kleiner Junge, der gern lacht
Hat sich groß und klug gemacht
Ist auf seinem langen Weg
Den er selbst noch nicht versteht
Und er singt und denkt und lacht

Manche Stürme kommen da
Bringen Angst und auch Gefahr
Doch der Junge hat die Kraft
Hat den besten Lebenssaft
Seine Ziele sind so klar

Menschen kreuzen seinen Weg
Deren Spur - vom Wind verweht
Manchmal schwankt er hin und her
Ja, im Leben geht's oft quer
Und manch Traum kommt und vergeht

Doch sein Blick ist klar und rein
Und er sieht den Stock, den Stein
Kleiner Junge, der gern lacht
Hat sich auf den Weg gemacht
Wird am End der Sieger sein!

Begegnung

Schon fast vergessen hätt ich ihn
Den alten Mann im Supermarkt
Er schritt ganz langsam vor sich hin
Und nahm sich Eier, Brot und Quark

Um einen *Osterstand* schlich er
Sollt' er was nehmen oder nicht?
Das Denken fiel ihm sichtlich schwer
Und traurig schien sein Angesicht

Verschämt griff er in das Regal
Ein *Osterhäschen* sollt es sein
Die Rente schien wohl ziemlich schmal
Und manch Geschenk ward ziemlich klein

Ich dacht', ob ich ihn ansprech dort?
Er schaute mich ganz kurz nur an
Vielleicht ein nettes, kurzes Wort?
Ein *frohes Fest* für diesen Mann?

Doch er ging fort mit seinem *Has'*
Ich nahm noch dies und jenes mit
So manches Süße, Obst im Glas
Und auch vom Käs ein dickes Stück

Drei Tage später las ich dann
Ein kranker Mann starb einsam, alt
Sein Foto sah ich auch sodann
An *Ostern* war es trüb und kalt

Oft denk ich an den Mann im Markt
Doch er und *Ostern* sind längst fort
Er kaufte Eier, Brot und Quark
Ich hätt ihn ansprechen solln dort

Der letzte Sommer

Es war der letzte Sommer
Am Fluss sang sie so gern
Ein Fisch kam da geschwommen
Und eh der Tag verronnen
Da zählte sie die Stern

Es war der letzte Sommer
Ihr Lächeln barg den Tod
Ich hab sie gern gesprochen
Es gingen Tage, Wochen
So manches Abendrot

Es war der letzte Sommer
Sie winkte mir kurz zu
Ich hör sie heut noch singen
Ihr Lied wird nie verklingen
In abendlicher Ruh

Es war ihr letzter Sommer
Und einsam ist's am Fluss
Sie ist so sanft gestorben
So ohne alle Sorgen
Für sie ein Abschiedsgruß

Der beste Sommer

Es war der letzte Sommer
So weit entfernt, am Fluss
In abendlicher Kühle
Da gab es Eis am Stiele
Es war der letzte Sommer
Es war der letzte Kuss

Es war der letzte Sommer
Der Abschied war sehr lang
So einsam wards am Flusse
Sing leise: *„Gott zum Gruße"*
Es war der letzte Sommer
Der letzte Sommerklang

Es war der letzte Sommer
Ich denk so gern zurück
Wie schön war es gewesen
Am Fluss, im Kiesel lesen
Es war der beste Sommer
Ein kleines Stückchen Glück

Fake News

Pfui, sie schreiben immer weiter
Immerzu nur Schund und Dreck
Nein, sie werden nicht gescheiter
Diese Affen, diese Leiber
Und sie werfen Wahrheit weg

Und sie fühlen sich so sicher
Denn man stopft sie voll mit Geld
Nichts kommt mehr in trockne Tücher
Und man leugnet alle Bücher
Und man leugnet diese Welt

Dummheit zieht durch alle Straßen
Hass und Missgunst überall
Wenn der Pöbel schreit durch Gassen
Schweigt man still
Man will es lassen
Wann kommt wohl der große Knall?

Untern Teppich kehrt man alles
Weg ist weg – so sieht man's nicht
Und im Fall des schlimmsten Falles
Leugnet man ganz schnell mal alles
Knipst man ganz schnell aus das Licht

Zu viel Dreck bringt doch nur Schaden
Darum schreibt man alles *„schön"*
All die Ketzer soll man jagen
Wie so manchen Satansbraten
Denn man will sie nicht verstehn

Hinter mancher Tüllgardine
Schimpft man heftig, hat man Wut
Doch man scheut dort jede Bühne
Hetzt behänd ins Blaue, Grüne
Bis sie schäumt, manch *Drogenbrut*

Doch das Volk geht auf die Straße
Überall, weil's Frieden will
Fort mit allem blinden Hasse
Diesem falschen, dummen Spaße
Wahrheit ist des Menschen Ziel

Trotzdem hetzt man weiter, weiter
Fake News scheint das letzte Spiel
Wird die Welt dereinst gescheiter?
Geht der Nebel?
Wird's mal heiter?
Hetzer gibt's doch viel zu viel

Die Herde

Und die Herde, die zieht weiter
Starker Sturm verweht die Spur
Dieser Winter ist nicht heiter
Und die Herde zieht schon weiter
Schreie halln durch Wald und Flur

Manches Kälbchen friert, ist müde
Bleibt vielleicht schon bald zurück
Es ist kalt und es ist trübe
Doch die Herde wird nicht müde
Kämpft voran sich Stück um Stück

Wölfe harren da am Rande
Haben Hunger immerfort
Doch der Herde wird's nicht bange
Sieht die Wölfe da am Rande
Und zieht immer weiter fort

Doch der Sturm wird immer stärker
Schon bleibt manches Kalb zurück
Auch die Wölfe machen Ärger
Und der Schneesturm wird noch stärker
Bis zum See ist's noch ein Stück

Nein, die Wölfe wolln nicht jagen
Nehmen schwache Kälbchen sich
Es ist hart in diesen Tagen
Sehr viel Kraft fehlt da zum Jagen
Winterzeit ist fürchterlich

Doch die Herde zieht schon weiter
Nichts hält sie an einem Ort
Ausgemergelt ihre Leiber
Und die Tiere ziehen weiter
Und sind längst schon wieder fort

Durch den Sturm und durch die Lande
Führt ihr Weg von See zu See
Mancher Wolf wacht da am Rande
Tod, Verderben auch im Sande
Und manch Spur verwischt im Schnee

Der Taxifahrer

Es hat geregnet, stundenlang
Er sah durchs Fenster auf die Straß´
Die Nacht verging minutenlang
Und er fuhr Taxi - stundenlang
Der Asphalt glänzte regennass

Manch Träume kamen in ihm hoch
Was wäre, wenn es anders wär?
Wenn er mal käm aus diesem Loch
Die Hoffnung war da immer noch
Wär dann dies Leben nicht mehr schwer?

Ganz einfach weg sein
Irgendwo
Und fliehen aus dem Alltagstrott
Dorthin, wo alle Menschen froh
Ganz neu beginnen
Einfach so
Sein Taxi war doch eh nur Schrott!

Die Frau, die Kinder
Spießigkeit
Und irgendwann ein kleines Haus
Und irgendwann Verdrießlichkeit
Und sterben an der Müßigkeit
Das hält doch keiner ewig aus!

Ganz leise schlich er sich davon
Hinaus, wo kühl der Regen fiel
Die Nacht empfing ihn ohne Hohn
Er sah zum Haus, zu Frau und Sohn
Die ahnten nichts von seinem Ziel

Und er fuhr los, ins ferne *„Nichts"*
Der Regen wusch die Straßen frei
Er schien so fern des hellen Lichts
Die Nacht schluckt alles oder nichts
Und mancher Traum bricht da entzwei

Er war gefahren stundenlang
Längst lag die Stadt schwarz hinter ihm
Die Zeit verging wohl ewig lang
Und seine Seel' geriet in Brand
Er wollt nur fort – irgendwohin!

Am Flugplatz hielt er endlich an
Sollt er jetzt fliegen ganz weit weg?
Er war gefahren stundenlang
Und mancher Traum hält ewig an
Wirft man so schnell sein Leben weg?

Er nahm sein Geld und zählte es
Es würde reichen – einmal hin!
Da blieb nichts übrig, nicht ein Rest
Was, wenn man alles jetzt verlässt?
Sein Herz schlug schnell tief in ihm drin

Und er stieg aus, lief schnell davon,
blieb stehen, blickte kurz zurück
Sein Taxi, seine Frau, sein Sohn
Er war zu weit entfernt wohl schon
Lag vor ihm nun der Traum, sein Glück?

Da sank er nieder – und er schrie!
Jedoch ansonsten blieb es still
Was sollt nur werden – was und wie?
Er war gesunken auf die Knie
Und längst verblasst sein großes Ziel

Die Hände schmutzig, auch die Knie
Ganz langsam stand er wieder auf
Warum jetzt hoffen – was und wie
Es wird schon gehen – irgendwie
Der große Traum? Er pfiff darauf!

Er setzte sich ins Auto schnell
und fuhr zurück in seine Stadt
Der Horizont ward langsam hell
Von irgendwo drang Hundgebell
Dort, wo er sein Zuhause hat

Und eh der Morgen da begann,
saß er daheim am Frühstückstisch
Die Frau starrt´ ihn sehr lange an
„Hast Du geträumt, mein lieber Mann?"
Er hat die Tränen schnell verwischt

Und nahm den Sohn in seinen Arm
Die Zeit verging ein kleines Stück
In seinem Herz war's wohlig warm
Mit Frau und Sohn in seinem Arm
fand er zurück zu seinem Glück

An manchem Tag, in mancher Nacht,
da fuhr er Taxi – auch mit Spaß
Er hat sich nicht davongemacht
Und mancher Traum verging ganz sacht
Und mancher Asphalt glänzte nass

Engel

Sturmbewegt sind meine Flügel
Aufwärts zieht mich manch ein Sog
Nehm das Leben an die Zügel
und empfang' des Engels Lob

Hoch da droben scheint mirs heller
als dort unten auf der Erd
Ach, auch Schreie gellen greller
Meine Seel - noch unbeschwert

Doch dort oben ist's kein Halten
und ich sink durchs Wolkenmeer
Fall in die Naturgewalten,
weil ich träge ward und schwer

„Ferner Engel, hol zurück mich!
Lass mich nicht vergessen sein!
Ich bin gut und auch manierlich -
und ich möcht bei dir wohl sein!"

Lange wart ich auf die Antwort
Aber die kommt nimmermehr
Und ich fall behänd aufs Land dort!
Gibt es mich schon bald nicht mehr?

Doch dann breit ich meine Flügel,
die schlaff hingen an mir dran,
kraftvoll aus über dem Hügel,
der mich nicht mehr bremsen kann

Wie ein Phönix aus der Asche
kämpf ich mich zum Engel hin
Mit manch Hoffnung in der Tasche
such ich wieder meinen Sinn

Und der Engel lächelt lieblich
Wusste wohl, ich kehr zurück
Ich bin stolz und bin manierlich
Bei dem Engel fand ich Glück

Ja, ich weiß nun aus Erfahrung,
dass ich immer kämpfen muss!
Denn umsonst gibt's keine Nahrung
und auch keinen Engelskuss

An Gott

Komm lieber Gott, komm nicht zu mir
Sei bei den andern, die so leer
Ich bete gern und bin bei dir
Bei dir ist wirklich gar nichts schwer
Doch hilf den anderen, nicht mir

Hilf einem Freund, dem fehlt das Licht
Er weint sehr viel und braucht jetzt Kraft
Er ist so fern, doch nicht für dich
Komm hilf ihm aus der dunklen Nacht
Ach bitte, lass ihn nicht im Stich

Komm lieber Gott, komm nicht zu mir
Geh zu den andern, dies nicht leicht
Ich bete gern und bin bei dir
Mein lieber Gott, ob das wohl reicht?
Hilf all den anderen, nicht mir!

Gib meiner Mama Trost und Glück
Sie hat oft Schmerzen, bleibt so stark!
Gib ihr die beste Zeit zurück
Ich denk an sie an jedem Tag
Lass uns zusammen noch ein Stück!

Komm lieber Gott, komm nicht zu mir
Lieb all die andern, die allein
Ich bete gern und bin bei dir
Bei dir sollt ich nie einsam sein
Mit dir ist wirklich gar nichts schwer

Und gib den Menschen Träume auch
Die brauchen sie so dringend doch!
Den Kindern einen vollen Bauch,
und allem Leben Hoffnung noch!
Ach, allem deinen Liebeshauch!

Komm lieber Gott, komm nicht zu mir
Und wenn du doch mal bei mir bist,
dann beten und dann träumen wir
für manches, das noch öd und trist
Für alle, die noch tränenschwer

Unklarheiten

Manche Nacht könnt' ich erzürnen
Gibt es Gott?
Den großen Mann?
Ja, ich wollt den Himmel stürmen
Ganz weit oben auf manch Türmen
Sag, wo lebt der Supermann?

Doch bleibt stumm die Stimme Gottes
Nichts geschieht
Der Himmel schweigt
Nicht die Spur des großen Wortes
Nur die Nacht gähnt allen Ortes
Und mein Glaube ist sehr weit

In der letzten Fernsehsendung
Wieder Krieg
Und Tod und Hass
Wieder nur manch Geldverschwendung
Teufel, Rotlicht und Verblendung
Bist du reich, dann hast du Spaß

Ist all das des Gottes Wille?
Will all das der große Herr?
Mir bleibt nur die schwarze Stille
Keine Antwort, keine Fülle
Und mir ist's ums Herze schwer

Hass und Krankheit, auch *Apartheit*
Slums und Armut
Alles bleibt
Wo ist Gott?
Wo seine Klarheit?
Wo bleibt Gott mit seiner Wahrheit?
Passt ein Gott in diese Zeit?

Fake News!

Die Zeiten waren schlecht, sehr schlecht. Gerade erst wurden durch einen Terroranschlag in der Hauptstadt des Landes Germanien dutzende Menschen dahingerafft, da erschien ein Mann auf der Bühne des Parteiengeschehens, dessen Namen für große Verwirrung sorgte: *Cäsar Kaiser* – eben wie der alte römische Kaiser.

Der smarte Mittvierziger war so gar nicht das, was man sich unter einem Politiker vorzustellen vermochte. Doch sein verführerisches Charisma und seine unglaublich entschlossene Ausstrahlung, die mehr einem alten erfahrenen Strategen ähnelte, verlieh ihm ein sonderbares beherrschendes Erscheinungsbild. Seine wasserblauen Augen und seine kurzen schwarzen Haare erinnerten an irgendetwas längst Verblasstes. Aber sein winziger Schnauzbart, der ihm eine Aura von längst vergangenen Reichsträumen und großmächtiger Arroganz bescheinigte, ließen ihn schon wieder recht modern und kämpferisch erscheinen.

Cäsar selbst schien all das wenig zu interessieren. Er nutzte beinahe jede Gelegenheit, um auf die Machthaber der Welt, auf die Ungerechtigkeit und all die vielen Unzulänglichkeiten der Menschheit zu schimpfen. Seine wirkungsvollen Auftritte waren stets von großem Medieninteresse und einer beinahe unbändigen Wichtigkeit begleitet. Und in seinen immerwährenden schwarzen Anzügen, die allesamt saßen, als hätte man sie ihm angegossen, machte er eine imposante *glaubhafte* Figur.

Die Menschen, die sich immer öfter missverstanden fühlten von der viel zu großen Politik, die mittlerweile jeden Groschen zehnmal umdrehen mussten, damit er auch für die ganze Familie reichte, all diese Leute verehrten Cäsar. Denn endlich gab es jemanden, der vorgab, sie zu verstehen. Endlich gab es jemanden, der mit ihren Worten sprach und der hart durchgreifen wollte, der sogar versprach, mit schärferen Gesetzen und drastischeren Strafen die hohe Kriminalitätsrate zu senken.

Immer mehr Menschen schlossen sich seiner neu gegründeten Partei (Cäsars Arbeiter Partei) an. Und immer einflussreicher waren die Personen, die Cäsar und seine Partei finanziell unterstützen. Die althergebrachten Parteien sahen bereits ihre Felle davonschwimmen, weil sie all das, was die einst versprochen hatten, nicht halten konnten.

Und die Sicherheit im Lande blieb deswegen, wie auch viele andere sozial wichtige Projekte, auf der Strecke.

Cäsar aber versprach den Menschen, dass er sich den Armen und den Bedürftigen widmen würde, wenn man ihn bei den nächsten Wahlen nur wählte. Er versprach, alles anders zu machen und das Geld gerechter zu verteilen.

Doch während er all das verkündete, rottete sich auch Widerstand gegen ihn zusammen.

Denn Cäsar wurde zu einer Gefahr, zu einer großen Gefahr für die noch immer Mächtigen. Und so kam es, wie es kommen musste: *Ein gezielter Schuss beendete Cäsars erfolgreiche und vielversprechende Laufbahn!*

Allerdings kam es nicht so, wie es sich die Mächtigen erhofften, denn das Volk hatte Cäsar mittlerweile liebgewonnen, und sie verehrten ihn wie sonst keinen anderen. Selbst im Ausland war Cäsar zu einer Gallionsfigur geworden, zu einer Ikone, der man nacheifern wollte.

Und weil das so war, verfiel die Welt in eine tiefe Depression. Die Börsendaten fielen ins Bodenlose und die Volkswirtschaften der Länder versiegten wie trockene Brunnen in der Wüste.

Eines Tages jedoch, als die Menschen schon gar nicht mehr daran glaubten, verkündete Cäsars noch immer agierende Partei, dass der große Cäsar wieder da sei. Zunächst wollte es keiner glauben, zu tief saß die allgemeine Depression. Doch als dann Cäsar in allen TV Stationen präsent war, schließlich sogar seine erste Großveranstaltung abhielt, strömten Millionen Menschen auf die Straßen und Plätze und verfolgten die TV Sendungen, die überall auf riesigen Displays übertragen wurden.

Jubelnd vor Glück strömten die Menschen in die Betriebe und schafften wieder, wie sie wohl noch nie geschafft hatten. Die Depression verging so schnell wie sie gekommen war und es schien endlich wieder aufwärts zu gehen.

Am Tag der großen Wahlen begaben sich *95 Prozent* der Bevölkerung in die Wahllokale, so viele, wie es vermutlich nie zuvor gewesen sein mochten. Und es war klar – Cäsar wurde zum obersten Staatslenker gewählt.

Ja, und allen war klar: *Cäsar war zurückgekehrt, weil er möglicherweise nie gestorben war.* Seine Kritiker ärgerten sich und seine Feinde wussten nicht, wie es sein konnte, dass der verhasste Dummschwätzer doch noch am Leben war. Immerhin hatte man mit viel Medienspektakel den großen Cäsar auf einem kleinen Friedhof beerdigt.

Doch die Freude der Bevölkerung und das Glück all der vielen ganz normalen Menschen ließ all das vergessen. Keiner hörte mehr auf die Kritiker, die vor etwas warnten, das niemand glauben wollte: *Der endgültigen Vernichtung.*

Cäsar schaffte es, die Gehälter drastisch anzuheben und die Armut weitestgehend zu beseitigen. Doch sein wahres Ziel kannte niemand. Denn hinter seinem Großmut versteckte sich etwas, das menschlicher schien als alles, was es sonst so gab. Es war die Sucht nach unbezwingbarer Macht und unendlicher Größe. Er träumte von einem Weltreich, an dessen höchster Spitze er als großer Sultan herrschte. War das wirklich noch *der* Cäsar, den jeder wollte? War das wirklich noch *der* Cäsar, dem alle zujubelten, den alle verehrten, weil er so volksnah erschien?

Cäsars Partei jedenfalls begann, die Menschen, die nicht in das Bild von Cäsars Welt-

Sultanat passten, in riesige unterirdische Internierungslager zu verbannen. Er baute aus den neuesten Errungenschaften von Wissenschaft und Technik eine Roboterarmee auf, die rigoros alles durchboxte, was ihm so vorschwebte. Alle, die anders aussahen, als es ihm vorschwebte, ließ er umbringen und schnellstmöglich beseitigen.

Schon bald bemerkte man das im Volke, doch da war es bereits zu spät. Denn Cäsars Partei kontrollierte alles und jeden, dirigierte das Internet und kontrollierte jeden Menschen dieser großen weiten Welt. Das *Welt-Sultanat* stand schließlich vor seiner Vollendung und Cäsar sollte zum *Sultan der Welt* ernannt werden. Eigentlich hatte er sich selbst dazu erhoben, denn er konnte es nicht erwarten, die Macht über die Erde zu erringen. Er träumte bereits davon, die Zivilisation auf den Mars zu bringen, wo er dann als *Sultan des Universums* regieren würde. Und es sah ganz so aus, dass es genauso werden sollte.

Am Tag der *Sultans-Ernennung*, die auf der ganzen Erde übertragen wurde, sah man Cäsar, wie er großmütig vor sich hinlächelte und gen Himmel schaute, so, als wenn er als gottgleiches Wesen sogleich ins Universum aufbrechen wollte. Nur ein Knopfdruck trennte ihn noch vom großen Herrschertum und seinen unbändigen Träumen, alles zu besitzen.

Er hob seine Hand und drückte diesen magischroten Knopf vor sich, denn es war der Knopf, der eine Art Antigravitations-Lift in Gang setzte, welcher ihm die goldene, mit Edelsteinen besetzte Krone aus einem Kellergelass nach oben bringen sollte. Alles sollte aussehen wie ein Zauber, wie Magie aus einer märchenhaften Welt, jener Scheinwelt eines Großinquisitors.

Doch nicht die ersehnte goldene Krone wuchs aus der marmornen Erde empor. Der Knopfdruck bewirkte, und niemand konnte es sich erklären, wie es so kommen konnte, dass sich alle Raketensilos auf der Erde öffneten und düstere Atomraketen auf schwarzen Feuersäulen in den azurblauen Himmel rasten.

Cäsar, der im letzten Moment bemerkte, was er da angerichtet hatte, starrte auf die Millionen Raketen, die überall auf Erden starteten. Und er wusste, was das bedeutete, und niemand konnte es mehr aufhalten, denn niemand hatte den Schlüssel oder einen Code, die Menschheit doch noch retten zu können.

Nur auf der fernen Raumstation, die still und einsam den Planeten umkreiste, auf welcher sich zur gleichen Zeit Teams aus aller Welt aufhielten, beobachtete man das totbringende Spektakel aus angemessener Entfernung. Die Menschen dort wussten, dass sie nie mehr auf diesen wunderschönen blauen Planten zurückkehren konnten. Sie wussten auch, dass sie die letzten sein würden, die übrigblieben, wenn sich der nukleare Sturm verzogen hatte.

Und der japanische Astronaut Kim schaute schweigend zu Lena, einer amerikanischen Astronautin. Als schließlich riesige Atomblitze die Atmosphäre des Planten zerteilten, flüsterte er mit Tränen in den Augen: *„Mach´s gut Erde. Lasst uns neu beginnen!"*

Irgendwann

Schwindler sind der Welten Ende
Denn sie haben Krieg im Blut
Denn sie haben schwarze Hände
Und sie wollen unser Ende
Und sie sind fürwahr nicht gut

Doch die Leute glauben gerne
Denn die Lügner sind nicht schlecht
Sie versprechen schöne Sterne
Alles Glück liegt in der Ferne
Was sie sagen scheint so echt

Und so jubeln schnell die Leute
Glauben diesen Lügnern, ach
Und es bellt die Hundemeute
Überall nur Glück und Freude
Nirgends tropfts durchs morsche Dach?

Irgendwann fällt jede Maske
Lügen bleiben ewig nicht
Dann flieht jede Lügen-Kaste
Dann knickt jeder morsche Aste
Dann weicht Dunkelheit
Dem Licht!

Fake News 120